文庫

侯爵様と私の攻防

富樫聖夜

イースト・プレス

contents

1　夜這い

「ちょ、ちょっとお待ちくださいってば！」

マーチン伯爵家の次女であるアデリシアは、自室のベッドの上で激しい攻防戦を繰り広げていた。

「なんで、なんで、貴方《あなた》がこんなところにいるんですか！　そして、なんでこんなことするんですか！」

迫る唇を顔を背けて懸命に避けつつ、アデリシアは叫んだ。

「なんでって――もちろん、夜這《よば》いだけど？」

魅惑的な低めのテノールでそんなことを言うのは、アデリシアの上に圧《の》し掛かっている男。

ジェイラント・マフィーネ・スタンレー侯爵だ。

若くして侯爵家を継いだ彼は、容姿端麗・文武両道。おまけに非常に裕福なので、貴族の娘たちの間では最優良物件の一人に挙げられて、非常におモテになる。国一番の優良物件は独身の皇太子だが、彼は王族だからおいそれとは近づけない。その点、侯爵は身分は高いがパーティ好きなのかいろいろと顔をだしていて比較的接点も多く、お近づきになりやすいようだ。浮き名も絶えないみたいだし。

でも、その人がなぜこんな夜中に自分の部屋に夜這いに来るのかが分からない。

「何か間違ってませんか⁉」

アデリシアはナイトドレスに手をかけようとする彼の手を払いのけ、叫んだ。

「私は妹のアデリシアです！　レフィーネ姉さまじゃありません！」

そう、この人はアデリシアの姉のレフィーネ目当てで家に来たはずだった。決して妹の自分を手篭《てご》めにするために来ているわけではない……と思う。

「君がレフィーネ嬢ではないのは分かってますよ」

言いながら、侯爵はチュッと音をたててアデリシアの頬にキスをする。首をぐっと反らせて避けても追ってくる口は非常にしつこい。

だが、どうやら間違いでこんなことをしているわけじゃないらしい。そこから導かれる答えは——。

「み、身代わりとかですか⁉」

叫びながらアデリシアは確信する。きっとそうだ。そうに違いない。侯爵は身分も容姿も申し分ない人だけど、レフィーネの心は既に決まっている。彼女はレイディシア伯爵の嫡男《ちゃくなん》である幼馴染みのアンドレが好きなのだ。

もちろん、両想い。将来だって誓い合っている仲だ。さすがの侯爵でもそんな二人には割り込めないと思ったに違いない。

それでレフィーネとよく似た妹の自分に目をつけたに違いない。――なんて迷惑な。

「身代わり？」

一瞬キョトンとした表情を見せた侯爵は、しかし次の瞬間くすくすと笑い出した。まるでアデリシアがおかしな事を言ったかのように。そして、その翠《みどり》色の瞳をきらめかせて彼女を見下ろしながら言った。

「身代わりなんかではありませんよ。アデリシア。私は初めから貴女《あなた》が目当てです」

アデリシアの家――マーチン伯爵家では今夜、アデリシアの姉であるレフィーネの誕生パーティが開かれていた。

美しくも清楚な容貌と品の良さに加えて性格の良さ、さらに人当たりが良いためにレフィーネの交友関係は広く、崇拝者も多い。だから彼女の誕生パーティには大勢の人がつめかけていた。

そんな中でも一番注目されていたのが、このジェイラント・マフィーネ・スタンレー侯爵だ。

艶やかな黒い髪に、魅惑的な翡翠《ひすい》色の瞳。涼《すず》やかな目元、すっと通った鼻筋の端整な顔立ち。男性にしては細身なのに決して弱々しさを感じさせないしなやかな肢体《したい》。物腰は柔らかで、スマートで礼儀正しい。そして極めつけが身分の高さ。どれを取っても女性をひきつけて止まない魅力に溢れた男性——それがジェイラントだ。

長い黒髪はいつも青いリボンで括られ、サイドに流されているが、その美しい髪に手を差し入れて乱したいと思う女性は既婚、未婚を問わずたくさんいるだろう。

その彼がレフィーネの誕生パーティに顔を出した。

もちろん、様々なパーティに顔を出しているというジェイラントと、交友関係の広いレフィーネは顔見知りだろう。だが二人が会うのは貴族の当主が主催するようなやや格式ばったパーティばかり。今回のように個人的な催し——しかも女性の誕生パーティに出るなどということは今までのスタンレー侯爵にはなかった行動だった。

だから皆は——もちろんアデリシアも、煌《きら》びやかな笑みを浮かべて人々の中心にいる彼を広間の壁に寄りかかって遠巻きに見ながら思ったのだ。レフィーネこそが彼のお眼鏡に適《かな》った女性なのだろう、と。

にこやかに、且つ真摯的な態度で主賓《しゅひん》のレフィーネと長兄のアルバート、そして両親であるマーチン伯爵夫妻と話すジェイラントを見て、アデリシアの推測は確信に変わった。彼がここに来たのはレフィーネ目当てに違いない。

実際、ジェイラントは目立たないように壁の花になっていた自分のところまで挨拶にやってきて、しかも気を遣ってダンスに誘おうとまでしてくれた。もっとも、ジェイラントとお近づきになりたい令嬢が近寄ってきていたので、その権利は彼女にさっさと譲ってあげてしまったけれど。だがそんな風に自分までも気遣ってくれるのはやはりレフィーネを特別に思っているからなのだろう。

——なぜかほんの少しだけ胸が痛んだ。

姉のレフィーネと同じ瑠璃《るり》色の瞳に蜂蜜《はちみつ》色の髪。ひとつひとつ挙げていくとレフィーネとアデリシアには似ている部分が多い。だが、どうしてだか、アデリシアにはレフィーネが持っている華がない。どこまでも地味な印象なのだ。ただしこれはアデリシアに着飾ったり自分をよく見せようとする意思がないせいでもある。

だが、性格のことはどうしようもない。人と話すことが大好きな社交的なレフィーネに対し、アデリシアの趣味は読書。パーティなんて興味がない。本の話ならいいが、誰それのゴシップ話など聞きたくもないし、社交辞令などを言い合っている暇があったら新しい本を読みたいという、非社交的な性格なのだ。

もっともそんな自分の性格が嫌になったことはない。家族は、十七歳にもなって社交界に一切興味を示さない末娘を心配しているようだが、アデリシアには同じく本好きな双子の兄のランダルというよき理解者がいるし、少ないながら友人もいる。無理して社交的になる必要もない。そう割り切っていた。

だからこんな自分よりもレフィーネの方がたくさんの人に好かれるのは当たり前だし、スタンレー侯爵だってそうだろう。再び壁の花になって、そのジェイラントがレフィーネとダンスをする姿を見ながらそう思っていた。そう思っていたのに――。

……この事態は一体どういうことだろう？

アデリシアの両手首を頭の上で押さえつけ、もう片方の空いた手で彼女のナイトドレスのボタンをぷちぷちと器用に外していくジェイラントを半ば呆然《ぼうぜん》と見つめながら、頭の中は疑問符でいっぱいだった。

それにさっき何を言っていただろう――身代わりではなくて、目当ては自分だった？

「ありえない……」

「何がですか？」

楽しそうにアデリシアの服のボタンを外していくジェイラントは、彼女の小さな呟《つぶや》きを拾って聞き返した。その間も手が止まる事はない。

「私が目当てなんてありえない」

「信じられませんか？　それでも結構。貴女の身体に直接教えて納得させてあげるから。こうして」

「……!?」

上半身に外気があたるのを感じて、アデリシアは目を見開いた。慌てて頭を持ち上げて見てみると、なんということだろうか、裾まであった前身ごろのボタンをいつの間にかすべて外し終えていたジェイラントが、はだけた襟元を左右に押し広げているではないか。

アデリシアの形の良い双丘《そうきゅう》が男の目前に晒《さら》される。

「ちょ……！」

アデリシアはそこでようやくジェイラント・スタンレー侯爵が、多くの女性のハートを鷲《わし》づかみにしているこの人が、自分の寝室にいて夜這いをかけてきている事実を現実のこととして理解した。こんな風に押し倒されて拘束されていながらも、夜這いをかけにきたという本人の言葉も、どこか信じられない思いでいたのだ。

だが、これはまぎれもない事実のようだ。目の前の侯爵はどうやら本気で自分の貞操を奪うつもりでこの部屋にやってきたらしい。相手の本気を悟ってアデリシアは仰天した。

「ちょっと待ってください！　ストップ、ストップです！」

慌てたアデリシアは、拘束された手を外そうともがいた。だが、彼女をベッドに縫い付けるジェイラントの手の力は緩《ゆる》むことはなく、下半身を押さえつけている重い男の身体はびくともしなかった。アデリシアがもがけばもがくほどナイトドレスははだけていくのだが、完全に肌から滑《すべ》り落ちてしまったことにアデリシアは気がつかず、今彼女の肌を隠しているのは、下半身を覆うドロワーズのみになっていた。

眼の前に差し出された白い肢体をうっとり見下ろしながら、ジェイラントは熱の篭《こ》もった声で言った。

「待ちません——もう待つ気はない。ずっとこうなる時を待ち続けていたのだから」

「嘘《うそ》……」

「嘘なものか。初めて貴女を見た時から自分のものにすると決めていた。その願いがようやく叶う……」

ジェイラントはそう言いながら、アデリシアの胸にすっと片手を滑らせてくる。自分の体温よりやや冷たい彼の手に膨らみを捕らえられ、その感触にアデリシアはビクンと震えた。

焦るアデリシアの視線が救いを求めるように空を泳ぎ、天蓋《てんがい》ベッドの脇から出ている紐《ひも》に向かった。それは、夜間に使用人を呼ぶための紐で、引っ張れば使用人たちの詰め所で鈴が鳴る仕掛けになっている。あれを引っ張ることができれば誰かが来てくれる。だが……。

アデリシアはこの状況を人に見られることに躊躇《ためら》いを覚えた。襲われかけている現場を見られたら、それこそ言い逃れができない状況に追い込まれてしまうような気がする。少なくともアデリシアの女性としての評判は地に落ちる。それに両親に知られでもしたら、相手に「責任」を取って結婚しろと言い出しかねない。これが使用人だったら話は別だろうが、相手は侯爵だ。伯爵家より身分の高い相手、しかも適齢期の娘を持つ親なら誰もが狙いたくなるスタンレー侯爵なら、これ幸いとばかりにアデリシアを押し付けることだろう。

実際、客として招いた身分の高い男性を前後不覚になるほど酔わせ、間違った部屋に案内して未婚の娘と同衾《どうきん》させたあげく、朝になってわざと騒ぎたて、男性に責任を取らせて結婚に持ち込んだという話があったらしい。アデリシアがよく読む恋愛小説でも時々見かけるネタだ。もっとも、物語では罠《わな》にかけられそうになっていたヒーローをヒロインが救うというパターンがほとんどなのだが。

だが現実でも本の中でも、事が発覚した場合、夜這いをかけた相手に名誉と純潔を傷つけた責任を取らせるところは同じだ。つまり、アデリシアがジェイラントとこうして同じベッドにいるのを見られただけでその恐れがあるということだ。

せめてマリエラがいればと、アデリシアは思った。

マリエラはアデリシア付きの侍女《じじょ》だ。彼女の本好きを理解してくれる数少ない味方の一人で、アデリシアのちょっとした冒険の共犯者でもある。機転がきくし口も堅い。だからマリエラが来てくれるのなら、アデリシアの懸念するような騒ぎにはならないで済むだろう。だが、あいにく彼女は今夜屋敷にはいなかった。具合が悪くなった母親の看病のためにここ数日休みをとっているのだ。

呼び紐を引っ張れば誰かが来る。だけど、その誰かがおしゃべりな使用人だったりしたら……。そう考えるとアデリシアはぞっとした。

「こんな状況なのに、よそ見ですか？」

「ひゃあ！」

胸の先に痛みと刺激が走ってアデリシアは悲鳴を上げた。慌てて確認すると、ジェイラントが彼女の胸の先の蕾を人差し指と親指でグリグリと摘んでいるのが目に入った。

「や、やだっ」

完全に立ち上がった胸の先が、ジェイラントの指の間で弄《もてあそ》ばれる。そのたびに背中にぞわぞわとしたものが走り、アデリシアは自分の反応に慌てた。

なんだろう、この感覚は。刺激されているのは胸なのに、お腹や腰になぜか走る疼《うず》き。ムズムズしてそわそわして、足の先までぴりぴりして、そして力がだんだん抜けていくこの感じは。

得体の知れないその感覚に、アデリシアの焦りは頂点に達した。

「い、いきなり夜這いなんて、酷いです！　普通はそんなことしないで、まずは話しかけて、それからダンスに誘ったりの手順で求愛するものじゃないんですか！　そ、それなのに、いきなりこんな手段は紳士的じゃありません！　侯爵様はそんな方だったんですか！」

アデリシアは詰《なじ》るように言った。ジェイラントを止める方法として、良心に訴える方法しか思いつかなかったのだ。そして、その言葉はアデリシアの予想より遥かにジェイラントに衝撃を与えたらしい。──彼女が期待するのとは真逆の方向へと。

ジェイラントの顔から煌《きらめ》くような笑みが一瞬にして消え失せた。そして数瞬の後に現れたのは艶然《えんぜん》とした微笑。いや──アデリシアを見下ろすその目は全く笑っていなかった。

「貴女にそれを言われるとはね」

どうやらアデリシアは彼の触れてはいけない何かに触れてしまったらしい。

「では尋ねよう、アデリシア。貴女はこの一年、何回パーティに出席した？」

「え？　ええと……に、二回、くらいでしょうか」

突然の変わりように戸惑いながらアデリシアは答える。

「ええ、そのいずれもお身内だけのパーティでした。親族の集まりだから貴女はいつものように断れず渋々出席したのでしょうね。そして私は身内ではないので、そのパーティに出られない。……私が反対に聞きたいね。会うこともできないそんな状況でどこでどう貴女に求愛するチャンスがあるというのです？」

「え、ええっと……」

　確かにその通りである。アデリシアが出席したのは親族としてどうしても断れなかったパーティだけ。しかも侯爵の言うとおりに渋々出席したものだった。そしてそのいずれのパーティにもジェイラントは招待されていない。

「それでも私は貴女と接触しようと試みたんですよ？　無視されましたがね」

「え？」

「いつだったか、貴女は街中で通行人にぶつかった拍子に手にしていた籠《かご》から本を落としたことがありましたね。ちょうどたまたま近くにいた私がそれを拾って貴女に手渡しました。覚えていますか？　チャンスなので私は話かけようとしました。ですが、貴女は品良くお礼を述べるとさっさと走り去ってしまったんです」

「……あう……」

「貴女がよく通っている貴族図書館でも声をかけたことがあります。ところが本に夢中の貴女は私の呼びかけを再三無視しましたよ。ええ、それは見事なくらいに」

　麗しいけれど少しも安心できないような笑みを浮かべてジェイラントが言った。

　……ま、まずい……。アデリシアの背中に冷めたい汗が流れた。

　街中で本を拾ってもらったことがある——確かにそうだ。アデリシアはそれをはっきり覚えていた。だがその拾い主がジェイラントであったからこそ、アデリシアはこの人には関わってはいけないと思い、お礼だけを言って足早にそこを離れたのである。何か言いかけていた彼をほとんど振り切る形で。

あまり思い出さないようにしていたが……無礼な態度だったことは否定できない。

だが、図書館で声をかけられたことは記憶になかった。——それもそのはずで、一度本を読み始めるとアデリシアは時間も何もかも忘れてそれに集中してしまうのだ。当然、その間の雑音は耳に入らない。この人が言うように声を何度もかけられていたのなら——いや、彼が嘘を言う必要はないのでおそらくそれは確かなのだろう——自分は侯爵の呼びかけをずっと無視していたことになるのだ。

「そして今日です。私は貴女に踊って欲しいと頼みましたね？　そうしたら貴女はどうしたか……よもや忘れたとは言わせません」

アデリシアの脳裏にその時のことが蘇った。


「アデリシア嬢。最初のダンスです。私と踊っていただけますか？」

わざわざ壁際まで来てそう言いながら手を差し伸べてくる侯爵。だがアデリシアは貼り付けたような笑顔でやんわりと言った。

「まぁ、侯爵様、私にまで気を遣っていただいてありがとうございます。ですが……」

その時アデリシアの視界には侯爵にご執心ともっぱらの噂のヘンドリー侯爵令嬢がにじり寄ってくるのが見えていた。

「……私などを誘うより、侯爵様と踊りたがっている方とどうぞ踊って差し上げてくださいませ」

アデリシアはそう言ってヘンドリー侯爵令嬢を示し、彼がそちらに視線を向けた隙《すき》を狙ってその場からそそくさと立ち去った。

アデリシアはその時のことを思い出し、顔が引きつるのを感じた。

確かにこの人はダンスに誘ってきた。――そして自分はそれを断ってしまった。まるきり相手にせずに。だけど言い訳をさせてもらえば、義理か、または同情で誘ってきたのだと思い込んでいたのだ。

「思い出したようですね。それでは改めて伺いましょうか。そのように近づくことすらできなかった私がどうやって貴女に求愛行動をとれるというんです？」

「……そ、それは……」

視線を泳がせるアデリシアに、ジェイラントはすっと目を細めて笑った。

「今日のパーティで貴女に逃げられて私は決心しました――こうなったら無理にでも私のものになっていただこうとね」

「だ、だからってどうしてそう極論になるのですか！」

無視されたから夜這いって……飛躍しすぎだろう！

「私にこうさせたのは貴女だ」

ジェイラントはそう言うと、アデリシアの首筋に顔をうずめた。と、同時に彼女の膨らみを掴んだままの手が不埒な動きを始める。

「ちょ、や、やめて下さいっ！」

髪の毛のくすぐったい感触と、肌にかかる息の感触に、アデリシアの全身が粟立《あわだ》った。

ジェイラントの濡れた唇と舌が肌を這《は》い、手が膨らみを揉み上げながらもピンと張った頂《いただき》を戯れに弄ぶ。そのたびにズキズキとお腹の奥が痛んだ。……いや、痛みではない。痛みにも似ているけれど何か違う。じっとしていられなくなって、もぞっと腰を動かすと、その動きに気づいたジェイラントがアデリシアの肌の上でふっと笑った。

「気持ちいいですか？　敏感なんですね。愛《め》でがいがありそうです」

かぁと顔の熱が上昇した。この痛みにも似た何かが気持ちいいということなのだろうか……。

本来、貴族の未婚の娘は夜の営みのことなど知らない。結婚が決まって初めて親類の女性から詳細が伝えられるのだ。だけどアデリシアには多少の知識があった。その知識の元はもちろん、本だ。双子の兄が隠し持っていたその手の本を見つけてしまい、そこに本があったら読まずにはいられないアデリシアは当然その本にも手を伸ばした。そして、大人の世界を知ってしまったのである。——未亡人が恋の遍歴を赤裸々に綴るという話によって。

かなり生々しい描写が続く話で、初心《うぶ》なアデリシアはかなりのショックを受けた。何しろ男女の営みについては『ベッドで横たわって目を閉じているだけ。あとは全て夫となる相手にまかせる』としか聞かされていなかったのだから。……あの本の中のようなことが自分にも起きるのだろうか。

時折チュッという音をたてながらジェイラントのキスが首筋から下に移動していく。やがて膨らみにたどり着くと、彼は迷うことなくその先端を口に咥《くわ》えた。

「ああ……っ」

その瞬間、アデリシアの背筋に何かが走り抜け、口から妙に鼻にかかったような甘い声が漏れた。指で弄ばれるのとは違ったもっと強烈な感覚が襲ってくる。

「ああ、んっん、や、やぁ……！」

濡れた舌でねっとりと舐《ねぶ》られ、歯に挟まれ、そのたびに身体がびくんびくんと跳ね上がった。

「ああ、歯で咥えられながら吸われるのが好きなんですね？」

ふと顔を上げてくすりと笑うと、ジェイラントはその言葉をなぞるようにアデリシアの胸の先端を歯で咥えながら口で強く吸った。

「……ああっ！」

恥ずかしいと思う間もなくアデリシアの頭からつま先まで一気にピリッとしたものが通り抜けて、身を反らさずにはいられなくなった。お腹の奥もズクズクと鈍痛のような疼きがある。

「あ、いや、あ、ん、ちょ、ちょっと！」

甘い声の交ざった抗議の言葉が漏れる。だがその間もずっとジェイラントの手は胸に刺激を送り続けている。

「んぁ、あ……あ、や、やめ……」

両方の胸の頂を指と口で責められ続けたアデリシアは息も絶え絶えになった。一方ジェイラントは涙目で浅い呼吸を繰り返し、弄られるたびに息を飲んだり声を上げるアデリシアの姿に更に欲望を刺激されたらしく、胸を摑んでいた手をそのままスッと下に滑らせて、彼女のドロワーズのリボンを解き始めた。

最後の砦ともいうべき下着に手をかけられたことに気づいたアデリシアは慌てて身をよじってその手を避けようとした。だが、もちろんがっちり押さえられているので、逃げることは叶わない。

だめ、だめ！　この先はもう――そこはもう……。

「やめて、やめて、お願いですから、侯爵様！」

怖くなって叫ぶと、ジェイラントの手が止まった。

やめてくれる気になった……？　と安堵しかけたその時、ジェイラントがアデリシアの顔を覗《のぞ》き込んできた。そして、え？　と思う間もなく唇を塞がれる。

「んんっ」

これが生まれて初めてした異性とのキス……と感慨にふける間などなかった。何しろ触れるだけの可愛いものではなく、固く閉じた唇のわずかな隙間からジェイラントの舌がするりと入り込んできたのだから。

「……ん、ふぅ…」

為す術もなく、舌を絡め取られた。そのざらざらした感触に震えが走る。歯列をなぞられ、上あごを擦られ、根元を扱かれるたびにお腹の奥が疼き、手足が痺れて力が入らなくなっていく。

「……ん……んん……」

角度を変えて何度も繰り返される。執拗《しつよう》に絡まれて、吸われて、息が苦しくなる。そのせいかアデリシアは次第に朦朧《もうろう》としてきて何も考えられなくなった。

聞こえるのは、お互いの篭もったような声と呼吸音、そしてどちらのものかも分からない唾液が立てる水音だけ。アデリシアの感覚も意識もすべてがそこに向いていた。だからいつの間にか手首の拘束が解かれていたことも、キスをしながらジェイラントがドロワーズの中に手を差し込んだことにも気づかなかった。

「っん、んん!?」

　いきなり両脚の付け根を冷たい指でなぞられて、アデリシアは悲鳴を上げた。だが、その悲鳴も声にならずにジェイラントの口に中に消えていく。花弁の形を確認するようにぐるりとなぞっていた指が、じんわりと滲む蜜をその指に絡めるかのように、そして入り口を広げるかのように浅くかき回す。

「んんっ、んー!」

　その指から逃れたくても絡みつく足がそうさせてくれず、また悲鳴を上げたくても口はふさがれたまま、ただただ逃しようのない熱だけが全身に広がっていった。入り口を戯れに弄っていた指が、蜜をまとってぐぅと奥に差し込まれる。ぴりっとした痛みと異物感にアデリシアは息を詰めた。

　――やめて!

　だがもちろん指は止まらなかった。内側の壁を擦りながらゆっくり、けれど容赦なく入ってくる。やがて根元まで差し込まれると、中で何かを探るような動きが始まった。壁を擦り、ゆっくり抜き差しを繰り返しながら、指を曲げて、また壁を撫《な》でる。

「んぅ、ん、ん……」

　唇を食《は》まれながら、アデリシアは為す術もなくそれを受け入れるしかなかった。身体の奥からじんわりと何かが染み出してくるのを感じる。くちゅくちゅという粘膜のたてる水音が、もはや口からではなく指を受け入れている部分から聞こえてくるのが分かる。

「……んっ……んんっ⁉」

探るように中で蠢《うごめ》いていた指が、不意にある一点に触れた。とたんにアデリシアはビクンと身体を跳ね上がらせた。……なんだろう、今のは？

反応を確かめるために指が再びその部分を掠める。

「んぅっ⁉」

びりっとしたものが背筋を駆け上がり、意思に反して腰が浮き上がってしまう。くちゅと粘着質な水音をたてて唇が離れると、ジェイラントは小さく笑った。

「見つけたよ、アデリシア。貴女の感じるところを」

「い、あ、ああっ！」

指が執拗に同じ部分を擦り上げる。アデリシアの身体はそのたびに陸に打ち上げられた魚のようにビクンビクンと跳ね上がった。足の指先がきゅうと丸まって、シーツを掻《か》く。

「ああ、いやぁ、ああ、あっ」

口では嫌だと言いつつ、この声の甘さは何だろう。自分の声ではないみたいだ。勝手に喉をついて出てくる。ジェイラントの指が動くたび、声が漏れる。じっとしていられなくて腰が波打つ。

「感じてるんですね、アデリシア。すごく綺麗ですよ、綺麗で——ものすごく淫《みだ》らだ」

指で胎内を犯しながら、再びアデリシアの胸にキスの雨を降らせて、ジェイラントはうっとりとつぶやいた。その唇が頂を嬲《なぶ》りながら歯を立てると、アデリシアは痛みと快感の狭間で「んくぅ」と猫が喉《のど》を鳴らすような声を漏らして身を反らせた。それが却ってジェイラントの顔に胸を押しつけることになるのだが、アデリシアは気づいていない。

いつの間にかアデリシアの膣《ちつ》を犯す指が増やされていた。奥から滲んでくる蜜で滑りの良くなった中は抵抗もなくその二本の指を飲み込んでいく。

「さっきに比べてここがずいぶん柔らかくなっていますね、分かりますか」

そう言って別々に蠢く二本の指にかき回され、そして張り詰めた胸の頂を歯で転がされ、腰が波打った。

「あ、ん、んん……！」

ジェイラントの指を飲み込まされている部分に、じわじわと何かが染み出てくる。それを纏った指がぐちゅん、ぐちゅんと、いやらしい音を奏でて鼓膜を犯す。

「ねぇ、アデリシア、この音が何だか知ってますか？」

わざと音をたてて指が出入りする。

「あ、あ、ん、いやぁ、いやぁ、し、らないっ」

アデリシアは夢中で首を振った。何も考えられなかった。

「貴女の読むような本には書かれていなかったかもしれませんね。これは貴女が気持ちいいと感じている証拠なんですよ」

「ひぁ、！」

中に入れられた指がアデリシアの感じる場所を擦り上げる。途端にじわっとお腹の奥から何かが溢れて流れた。

「ほら、どんどん溢れてくる。貴女の蜜が。花開いて私を誘う蜜が」

「あ、ん、い、いやぁ」

蠢く指に合わせて腰を揺らしながら、アデリシアはポロポロと涙を零す。その涙を唇でぬぐい、耳朶《じだ》を食みながらジェイラントが囁《ささや》いた。

「もっと蜜を流して、ほら」

「っ、ひゃあ！」

親指に、花弁の上の突起を擦られてアデリシアは悲鳴を上げた。剝かれ、充血したそこを指で刺激されて腰がビクビクと跳ね上がる。ジェイラントの願い通りに奥からどんどん蜜が溢れて、アデリシアの秘部に突き立てられた指が、ぐぷ、ぐぷと音をたてて出入りするたびにシーツとナイトドレスを汚した。

「あ、ああ、い、いゃ、ああ！」

胎内で蠢く指が、反応せずにはいられない部分を集中的に嬲る。親指が花芯《かしん》を執拗に擦り、扱いていく。腰が何度も浮き上がりそうになるが、そのたびに押さえつけられ、逃せない快感にアデリシアはびくびくと身体を震わせるしかなかった。

「も、やめっ、あン、んん、ゆ、ゆる、してぇ！」

何かが背中を駆け上がってくるような感覚に、アデリシアは嬌声を上げながら狂ったように首を振った。けれどジェイラントは容赦がなかった。

「中の反応が変わってきましたね。アデリシア、イキたい？」

「んんっ、ん、わ、分から、ない」

「いいです、教えてあげます。本では学べないことも。私がこうして」

ジェイラントはそう言ってアデリシアの秘部と花芯を片手で弄りながら、張り詰めた胸の頂を別の指でつまみ上げ、そしてもう片方の頂を口に含んで歯を立てながら舌で嬲った。

「……ひっ！」

胸と膣と花芯、その弱い部分に同時に強い刺激を受けたアデリシアは一気に絶頂の波に攫《さら》われた。

「あ、あ、あああああっ!!」

手足をつっぱり、甘い悲鳴を上げながら、アデリシアはジェイラントの腕の中で達した。

「……はぁ、はぁ、はぁ……」

ピクンピクンと絶頂の余韻に小刻みに震え、荒い息を吐きながらアデリシアは放心していた。

「これがイクということですよ、アデリシア。貴女の中がビクビクと蠢いているのが感じられるでしょう？」

ジェイラントのその言葉通りにアデリシアの胎内はビクビクと蠢いて彼の指を締め付けていた。

「もうだいぶ解れたとは思いますが、念のため、指、増やしますよ」

「……っ！」

アデリシアは息を飲んだ。ぐぷっという音と共に蜜を纏った指が一度引き抜かれ、すぐにまた質量を増やして差し入れられたからだ。戻ってきた圧迫感と異物感にアデリシアは息をつめた。痛みはたいして感じられなかったが、達したばかりで収縮を繰り返す場所は狭く、無理矢理押し広げられるような感覚は慣れないアデリシアに恐怖をもたらした。

「む、り、です。もう、やめ……、ああ！」

「大丈夫、アデリシア。ほら……」

ぐぅと奥までジェイラントの指が埋まった。その指がゆっくりと中の壁を擦り上げながら抜かれ、また突き立てられる。男の太い大きな指を三本も受け入れた中はいっぱいで、抜き差しされるたびに、びりびりとした刺激が走って声が漏れた。

「ふっ、は、あっ……！」

再び親指で花芯を嬲られて、腰が跳ね上がる。もう下半身には全く力が入らないのに、ジェイラントの手が動くたびにビクンビクンと身体は勝手に反応していく。

「いやぁ……」

こんな自分は知らない。朦朧としていく意識の中でアデリシアは制御を失った自分の状態に恐怖を覚えた。

身体がジェイラントの手によって作り変えられていく。自分のものではなくなっていく。

「あ、あ、あン、ん、んんっ、いやぁ……」

なのに、口から出てくるのは鼻にかかったような嬌声だった。嫌だと口にしながら、その声は寝室に甘く響く。ぐちゅんぐちゅんとジェイラントの指が埋まっている部分から激しい水音が響いて鼓膜を犯す。指の抜き差しに合わせて腰を揺らしながら、アデリシアは嫌だと思う心と快感を貪っていく身体とに自分が引き裂かれていくような気がした。

眦《まなじり》から涙が零れる。生理的なものなのかそれとも制御を失ったことへの悲しみなのか……。そんなアデリシアの心に艶やかな声が揺さぶりをかけた。

「アデリシア、全部私に委《ゆだ》ねてくれればいいんですよ。心も身体も、感情すらも。貴女は何も悪くない。悪いのは私だ。女は男に力では敵わない。そうでしょう？　貴女は私に夜這いされ、どうしようもなかったんです」

快感にぼやけた思考の中で、アデリシアの心はその悪魔の声に耳を傾け始める。

……そう。仕方なかったの。私の力ではこの人には敵わないから……。だから……。

「すべては私のせい。そう思いなさい。こんなに感じるのも、私に応《こた》えてしまうのも、全部全部私のせいにしてしまえばいい。そうすれば楽になれる」

……そう、私が応えてしまうのも、この人が経験豊富だから。だから私のせいじゃない……。

「そして何も考えずに、ただ感じるんです、アデリシア。全部私に委ねて……」

……一夜だけ。きっとこの先はないから……。

「ああ、あっん、ああっ、あぁ……！」

指がまた感じる部分を擦り、腰が跳ね上がった。甘い痺れに背中を反らし、白くけぶっていく思考の中でアデリシアはついにその悪魔の声に堕ちた。

……全部、全部、この人のせい。私がこんな風になってしまうのも。だってこの人は……私の……。

「……あなたの、せいなんだから……」

アデリシアの呟きを聞き取ってジェイラントの顔に艶然とした笑みが浮かんだ。

「そうです。全て私のせいですよ、アデリシア。だから……」

「……ああんっ！」

花芯をねぶり、アデリシアに一瞬甘い悲鳴を上げさせ、ジェイラントは言い切った。

「貴女の全てを私が貰います」

「あん、んんっ、あ、ああっ」

寝室にアデリシアの嬌声が響く。

腕や脚に引っかかっていたナイトドレスも下穿《したば》きも全て剝ぎ取られ、余すところなくジェイラントの視線に晒されていた。だが全裸なのはアデリシアだけではない。いつの間にか同じように服を脱いでいたジェイラントがそのしなやかな肢体をアデリシアの広げられた足の間に落ち着かせていた。

「んんっ、ああん、ん、んっ」

内股をくすぐるジェイラントの髪の感触と、蜜壺《みつつぼ》に差し入れられた舌の感触に、アデリシアの足がプルプル震える。

「ん、だ、だめぇ……」

奥から溢れ出てくる蜜を舌で掬《すく》われ、ずずっと音をたてて吸われて羞恥《しゅうち》と快感に悲鳴が漏れる。

「ダメだと言いながら、ここはそうは言ってませんよ」

ヒクつく蜜口《みつくち》をねっとり舐められてアデリシアの腰がビクビク震えた。

「ほら、貴女という花の蜜がどんどん溢れてくる」

溢れ出し、内股を濡らすその蜜をずずっと音をたてて飲み干したジェイラントは、アデリシアの秘部から顔を上げて淫靡《いんび》な笑みを浮かべた。

「もう大丈夫ですね。かなり解したし、これだけ濡れているのだから……」

そう言うと、ジェイラントはアデリシアの震える内股にチュとキスを落とした後、身を起こしてアデリシアの両脚を更に広げた。

「あ……はぁ……」

アデリシアは、自分の脚が大きく開かれ、その中心に何か熱いものが押し当てられるのを感じた。だがそれがどういう意味を持つのかは考えられなかった。本からの知識があるといってもそれは所詮《しょせん》頭の中だけのこと。今の彼女はその本のことすら意識の外なのだ。だからその太い何かが蜜を纏うようにぬちゃぬちゃと蜜口を這うのも、その切っ先が凹凸にぴったり押し付けられても、その先に何があるのかは何ひとつ浮かばなかった。

「アデリシア、貴女という花を手折らせてもらうよ。誰にも奪われないように、私だけのものにするために」

欲望にかすれたジェイラントの言葉が耳朶を打つ。その言葉の直後、ぐぷりと蜜口に入り込んだその感触に、アデリシアの目が大きく開かれた。中を押し広げられる感触と共に激痛が襲う。

「あ、あーーー！」

刺すような痛みと異物感に悲鳴が上がる。咄嗟にジェイラントを押しのけようとするが、その手を取られ、指をしっかり絡ませてベッドに縫い付けられてしまう。

「や、やめっ」

ジェイラントはゆっくりだが容赦なく中を拓《ひら》いていく。ぶつっと何かが千切れる音がして、更なる激痛がアデリシアを襲った。

「あ、あああ――――！」

背中を反らせ、悲鳴を上げる。痛みから逃れるように腰が逃げを打つが、ベッドに押さえつけられていてそれはかなわず、アデリシアは為す術もなくジェイラントの剛直を受け入れるしかなかった。

「ああ、ああ、い、いやぁ！」

「く、狭い……」

何かに耐えるようにジェイラントは顔を歪ませる。しかし痛みにあえぐアデリシアはそれに気づくことはない。やがてずんっという衝撃と共に最奥《さいおう》を抉《えぐ》られた。

「……ふぁ……！」

押し広げられた足の付け根にジェイラントの腰がぴたっと触れるのを感じ、アデリシアは自分の中にジェイラントが完全に埋まったことを悟った。

「……はぁ、アデリシア……これで貴女は私のものだ」

色香《いろか》の滲《にじ》む吐息をもらし、ジェイラントはうっとりと呟く。

「……いやぁ……」

アデリシアは荒い息を吐き、処女を散らされた痛みと男を最奥に受け入れた衝撃に涙が溢れ落ちた。ジェイラントは、その涙をキスで拭う。凶暴な男の象徴でアデリシアを貫きながら、その動作は優しかった。けれど――

「あうっ」

ずるっと音をたて、ジェイラントはアデリシアの胎内から剛直を引き抜いた。これで終わるのだとホッとしたのもつかの間、太い部分が蜜壷から抜ける寸前で止めると、彼はアデリシアの腰を摑み、再び一気に奥まで貫いた。

「ひぅ！」

痛みと、最奥を穿《うが》たれた衝撃にアデリシアは背中を反らす。再び剛直が抜かれて、またガツンと奥を抉られた。

「い、いや、どうして？　もう終わりじゃ……」

いやいやと首を振りながら言うアデリシアに、腰を突き立てながらジェイラントが笑う。

「終わり？　もちろんこれで終わるわけはありません。むしろこれからです」

その言葉通りに、ジェイラントは強弱をつけて挿出を繰り返す。

「ひゃ、あ、ん、あぁあ……！」

痛みと圧迫感に涙を零しながら為す術なく受け入れた。初めのような激痛はなくなっていたものの、穿たれるたびに引きつるような痛みに襲われる。痛みは終わりがないように思えた。

……だがしばらくすると、ジェイラントの太い部分がある一点をかすめるたびに、痛みとは違うむず痒《がゆ》いような感覚が腰を中心に広がっていくようになった。

「あ……、な、なに？」

痛いのに、甘い。中でいっぱいになりギチギチいっていたものが、じんわりと奥から滲む蜜でどんどん滑りがよくなっていく。ズチュズチュと粘膜がたてる水音と、パンパンと肌がぶつかり合う音が寝室に響きわたり、アデリシアの耳を犯す。それが恥ずかしいのになぜか奥からどんどん溢れて、ジェイラントによって掻き出されたそれが内股とシーツを汚した。

「や、いや……ああん！」

リズムが変わり、貫かれ奥を穿たれたまま腰を回され、息を飲む。

「嫌じゃないでしょう？　どんどん反応がよくなってますよ？」

その囁きになぜか腰にじんわりとした甘い痺れが広がる。

「うそ、ちが……あ、あん、んん……」

感じる部分を擦られ、奥を小突かれて、甘い悲鳴が唇から零れる。ふと気づくと、いつの間にかシーツを握り締めていたはずの手がジェイラントの肩を摑んでいた。奥深く入れられたまま揺さぶられ、甘いその衝撃に耐えられず目の前の男に縋《すが》りつく。と、その時、アデリシアの指がジェイラントの髪を括《くく》ったリボンにひっかかり、解けた。青いリボンがベッドのシーツに落ち、艶やかなジェイラントの黒髪がぱらりとアデリシアにかかる。

　この長い黒髪に手を差し入れて乱したいと思う女性がたくさんいることを思い出し、胸が疼くのを感じた。だが、ジェイラントに首筋を食まれながら胸を揉みしだかれ、さらに奥を穿たれて、それ以上考えることはできなかった。

「あ、あン、ああ、ああ……！」

　今や痛みよりも快感の方がはるかに優っていた。痛みはある。異物感も圧迫感もある。なのに、胎内の弱い部分を執拗に擦られ、花芯を彼の腰にぐりぐりと押しつぶされながら中を穿たれ、甘い刺激が痛みを覆い隠していた。

「アデリシア……くっ、貴女の中は熱くて狭くて……ああ、もって行かれそうだ……」

　激しく腰を使いながらジェイラントは荒い息の中でつぶやく。だが、汗で首筋に張り付いた黒髪を払い、情欲の篭もった目でアデリシアを見下ろす彼こそ壮絶なまでの男の色気を放っていた。誰もが振り返らずにはいられない端整な顔立ちと高い身分を持つ、女性の憧れの的。既婚の女性でも未婚の女性でも関係なく魅了してしまうその貴公子が今、眉間を寄せながらアデリシアを組み敷いている。

　ふと、アデリシアはこんな時なのに今が現実なのかわからなくなった。あのスタンレー侯爵が、レフィーネの陰に隠れて本にしか興味がないアデリシアを抱いている。彼の動きに合わせて揺さぶられながらも、アデリシアはどこかでそれが信じられずにいた。

しかしジェイラントはまるでそれを感じ取ったかのように、アデリシアの足を抱え、もっと深く激しく打ちつける。

「あ、あ、ああっ……！」

とたんに、ジェイラントのことしか考えられなくなる。パン、パン、パンという男と女の腰が激しくぶつかり合う淫靡な音が繋がった場所から響く。絶え間なく溢れてくる蜜が激しさを増す男の肉茎《にくけい》に掻き出され、浮いたお尻を伝わってシーツに零れる。

「も、い、だめ……あ、あ、ああんっ」

アデリシアは何かが再び背中を駆け上がり押し寄せてくるのを感じた。目の前がチカチカした。波がそこまで迫ってきていた。

「だ、め、ダメ……い、いやぁぁあああ！」

甘い悲鳴を上げながら、アデリシアはジェイラントの肩に指を食い込ませ絶頂に達した。その直後、

「アデリシア、アデリシア……！」

眉間に皺を寄せてそう繰り返したジェイラントが、アデリシアの細い臀部を掴み力まかせに腰を叩きつけた。

「……あぅ……！」

奥の、そのまた最奥にぐぷりと突き刺さるジェイラントの剛直。達したばかりのアデリシアの膣が男の精を絞りとろうとうねり、絡みつき、扱き上げる。その甘い衝動に、ジェイラントは歯を食いしばった。

「……くっ……！」

二人の動きが静止した。

絶頂覚めやらぬ中、子宮口まで穿たれた衝撃に目を見開いたアデリシアは、自分の中でジェイラントのものが脈打ち一際大きく膨張したかと思うと、熱い何かが胎内に吐きだされ、そして広がっていくのを感じた。

ドクドクドクと脈打つのに合わせて尚も吐きだされる精。広がっていく熱。――お腹が熱かった。

やがて全てを出し切るように軽く数回奥を突くと、ジェイラントはそれで満足したのか熱い吐息を漏らした。

「……アデリシア、これで貴女は私のものだよ」

生まれて初めて男の精を受け入れたアデリシアは衝撃で何も考えられなかった。そんな彼女の唇にキスを落としてジェイラントは顔を上げる。

「……ねぇ、私が嫌いですか？　アデリシア」

汗で額に張り付いたアデリシアの髪をやさしくかき上げながら、ジェイラントは今さらそんなことを問いかけてくる。

ズルイ。アデリシアは荒い息を吐きながら、ぼんやりと思った。こんな時にそんな哀願するような瞳で問いかけてくるのはズルイ。夜這いをかけられて、純潔を奪われた。制止する言葉を聞いてもらえなかった。……もちろんこんな男は嫌いだ。いろいろな女性と浮き名を流してきた人。そんな人の言葉なんて信用できない。すぐにアデリシアのことは飽きて捨てるに決まっている。

……なのに。ボンヤリした頭の中で浮かぶのは別のこと。

「――――」

かすれた声でアデリシアは小さくつぶやいて目を瞑った。急速に沈んでいく意識。だからその言葉に対するジェイラントの反応を見る事もなかった。……その言葉も。

「愛してますよ、私のアデリシア」

2　朝の攻防

「おはようございます。お……お、お、お嬢様!?」

悲鳴のようなその声がアデリシアの意識を浮上させた。

「う……ん……朝……?」

妙にかすれた自分の声を訝しみながら薄目を開けると、カーテンの隙間からさし込む朝の光の中、寝室の扉の前で固まった使用人の姿が目に飛び込んできた。仲の良いマリエラではない。確かまだ勤め始めて間もない少女だ。その少女はなぜかアデリシアのいるベッドの方を、目を見開き、だけど妙に頬を赤く染めて凝視していた。

……なんだろう?

ぼんやりとそう思いながら身を起こそうとしたアデリシアは、その時になって自分の腰に回された腕に気づいた。その腕の重みで起き上がることができないのだ。

「……ん……？」

何かひっかかるものを感じながらも、まだ寝起きで頭が働かないアデリシアは、その腕の持ち主を追って反対側に顔を向けた。

そしてそこに端整な顔立ちを見つけて息を飲んだ。高い鼻梁と引き締まった唇。長い睫毛が頬に陰影を作り、そこにやや寝乱れた黒髪がいく筋か影を落としている様は、まるで芸術品のようだ。アデリシアは今の自分の状況を忘れて思わず見とれた。だが、彼の吐息が肌に触れ、我に返る。目を瞑って静かな寝息を立てているこの人は……スタンレー侯爵？

そう認識したとたん、夕べのことが一気に頭に蘇って完全に覚醒した。

「…………っ！」

アデリシアは腰に回された腕を振り落としてガバッと起き上がった。そしてベッドを見下ろし、顔を赤らめる。なぜなら起き上がった自分も隣に横たわるこの人も全裸の状態だったからだ。そして――。

アデリシアはハッとして扉の方を振り返った。だがそこにはアデリシアを起こしにきたと思われる使用人の少女の姿はすでになかった。

あの子は気を利かせていなくなったのではないだろう。開きっ放しの扉がそれを物語っていた。おそらくアデリシアが侯爵の姿に驚いている間にあの少女は部屋を飛び出して報告に行ったのだろう――女中頭の所か、この屋敷の主人のもとへと。

アデリシアはがっくりとうな垂れた。もうダメだ。これで自分と侯爵の情事は家族の知るところとなるだろう。

「おはようアデリシア」

声と共にいきなり背中にキスを落とされてアデリシアは飛び上がった。

「ひゃ！」

振り向くといつの間に目を覚ましたのか、ジェイラントが上半身を起こしてこちらを見ていた。下半身は幸いにも上掛けに隠れていたが、黒髪を乱してウットリするような肢体を晒すその様は匂うほどの色気が溢れていて、こんな状況なのにアデリシアは奇妙な疼きに襲われた。

「……侯爵様……」

「ジェイラントですよ、アデリシア。こんな仲になったのに、侯爵様とは他人行儀な……」

「こ、侯爵様！」

アデリシアの顔が真っ赤に染まった。そんな彼女を見て微笑むと、ジェイラントは再びアデリシアの背中にキスを落としながら言った。

「残念ですね。もう少し余裕があったら朝の光の中で貴女を抱きたかったのですが……」

その言葉にアデリシアはビクッと震えた。

「……ですが、その時間はどうやらなさそうです」

ジェイラントはそう言うと、ベッドから出て脱ぎ散らかした服を身につけ始めた。アデリシアはその光景から顔を背けると、上掛けを手繰り寄せて今さら自分の裸体を覆い隠した。

身体に巻きつけひと心地つくと、衣擦れの音を気にしながらも、頭はこれからどうしようかという思いでいっぱいになる。

女性関係が派手だという人と関係を持ってしまった……しかもそれが他人の知るところとなってしまった。家族を失望させ、自分の評判を地に落としてしまった。どう考えてもお先真っ暗だ。

ああ、どうしてもっともっと抵抗しなかったのだろうか。自分が結局この人に応えてしまったという事実がアデリシアの心を一番苛んでいた。

「私は一足先に貴女のお父上の所に行ってきます」

ジェイラントのその言葉に、アデリシアはハッと振り返った。そこには、すでに服を身につけ終えていたジェイラントが昨夜アデリシアが解いてしまったリボンで自分の髪を括っているところだった。

「お、お父様の所へ……？」

少なくともこのまま姿を消して逃げ出すつもりはないようだ。アデリシアは胸のどこかでそのことに安堵《あんど》した。だが、これから起こる事をこの時知っていたなら、アデリシアはいっそトンズラして欲しいと懇願していたことだろう。

「ええ、そうです。この話はさっそくお父上のお耳に入るでしょうからね。ですが、大丈夫。貴女はゆっくり支度してからいらっしゃい」

そう言った後、ジェイラントの顔に意味ありげな笑みが浮かんだ。

「夕べは初めての貴女には少しキツかったでしょうからね。何しろ一回で終わらなかったし……」

アデリシアの顔が再び真っ赤に染まった。

胎内に精を受けた後で意識を失ってしまったアデリシアは、真夜中に再び目を覚ました。そしてそれに気づいたジェイラントから再び挑まれた。――いや、正確に言うなら、目を覚ましたのだってジェイラントのせいに違いない。身体に変調を感じてはっきり意識が覚醒した時にはこの人はアデリシアの中に入りゆっくりと腰を振っていたのだから。

圧迫感と続く鈍痛と、なのに身体を走る甘美な疼きと快感にアデリシアは再び屈した。朦朧とした意識の中で動きに応じ、角度を変えて奥に打ち込まれる楔《くさび》に嬌声を上げ続けた。

……今声が掠れ気味なのはそのせいだ。

真っ赤になって縮こまるアデリシアにジェイラントはくすっと笑いを漏らすと、彼女の頭のてっぺんにキスを落として言った。

「それでは私のアデリシア、またあとで」

そして夕べの激しい運動のことなど感じさせない颯爽とした足取りで部屋から出て行った。使用人の女の子が開けっ放しにした扉をきちんと閉めて。


アデリシアはできればこのまま部屋に篭もっていたかった。だが、ジェイラントが部屋を出て行きしばらくするとあの例の使用人の少女が恐る恐る扉から顔を出し、

「旦那様が、支度をしてすぐに書斎に来るようにと仰《おお》せです」

と伝えに来たからには行かないわけにはいかなかった。だが支度の手伝いは断固として拒否した。その結果、夕べの無体のせいで足に力が入らないアデリシアは風呂場まで壁伝いにヨロヨロと移動するはめになったが、風呂場で改めて裸になったとたん目に飛び込んできた身体に散らばった赤い鬱血の跡を見て、心底傍《そば》に人がいなくてよかったと思った。内股にまでつけられたその所有印を見られでもしたら、おそらく窓から飛び降りたくなっただろう。現に今だってそれに近い心境である。

その赤い印をなるべく見ないようにして身体を清めながら、アデリシアはわが身の不幸を嘆いた。せめてあの子が来る前に目覚めていれば、侯爵を部屋から叩きだしていたものを。そうすればあの夜這いは誰にも知られることはなかったのに。

なのに現実はばっちり目撃された上、家族にまで知られてしまうことになった。これからどうなるのかと思うとアデリシアは不安になった。

彼女を欲しかったと言った侯爵だが、もちろん結婚のことなど考えてはいまい。そして百戦練磨のあの人のことだから、こんな場面で言い逃れる方法などいくらでも知っているだろう。結果、アデリシアだけがふしだらの烙印《らくいん》を押されるのだ。

ああ、こんな事になるなら、あの時舌でも噛んでいるんだった……。アデリシアは下唇を噛みながら思った。

アデリシアは結婚適齢期に差し掛かったばかりの非力な女でしかない。対するジェイラントは二十四歳ですでに侯爵位も継ぎ、国政にも参加している男盛りだ。経験も力もアデリシアとはかなりの差がある。だからその気になった侯爵が部屋に入った時点ですでにアデリシアの貞操は失われたも同然だったのだろう。だがおそらく、アデリシアが舌を噛むくらいに暴れて悲鳴を上げて本気の抵抗を示せばジェイラントはやめていたに違いない。

そんな気がする。

だけどアデリシアは死に物狂いで抵抗はしなかった。それどころかジェイラントが与える快感に流されて結局彼を受け入れてしまったのだ。ふしだらだと言われるのもある意味自業自得だ。

でも――と、身を清めてさっぱりした気分になったアデリシアの中で、自己嫌悪の波から本来の負けん気な気性がひょっこり顔を出した。

流された自分もいけなかったかもしれないけど――この場合一番罰せられるべきは侯爵だろう。アデリシアに無視されたからといって、いきなり夜這いという強硬手段に出た彼が悪い。そうだ。誰が一番いけないのかなんて明白だ。

そもそも夜這いのルールにおいては――ルールがあるか定かではないが――部屋を訪れた殿方は夜が明ける前に誰にも見つからないうちにこっそり部屋から出て行くのが鉄則だ。どの物語だってだいたいそうなっている。女性の名誉を傷つけないように男性は配慮するのだ。だからアデリシアも夜中の逢瀬《おうせ》とはそういうものかと思っていた。

なのにあの侯爵ときたら、朝まで居座ったあげくに隣で気持ち良さそうに眠っていた。どう考えても無神経だ。配慮が足りない。というか、そもそもその気のないアデリシア相手に夜這いをかけること自体がどうかしている。

と至極もっともなことを考えられるようになったのは、やはり身をさっぱりさせたからだろう。侯爵のいいようにされていたさっきまでの自分は、寝不足だったか初めての情事に頭をやられていたかのどちらかに違いない。あるいは両方か。

彼女は身支度を調えながら断固戦う決意を固めていた。

――泣き寝入りなんてしない。自分だけが悪者になってたまるものですかと。

　だが、アデリシアの部屋を出た後、廊下を行くジェイラントの様子をもし彼女が見ていたらそんな見当違いはしなかったに違いない。廊下の窓からさし込む朝の光に照らされた端整な顔に浮かぶのは、艶然とした――だがどこか愉悦《ゆえつ》を含んだ笑みだった。

「さて、ここまでは上々。あとは……シナリオ通りに役者が動いてくれることを期待しますか」

　彼は楽しそうにそう呟くとこの屋敷の主人の書斎へ足を向けたのだった。


　見苦しくない程度に身支度を調えたアデリシアは、重い足取りで父親の書斎に向かった。戦う決心をしたものの、やはり醜聞となることをしでかしたのには変わりないからだ。扉の前で何度も逡巡したあげく、ようやくノックをした頃にはジェイラントがアデリシアの部屋を出て行ってからだいぶ時間が経っていた。

　その間、侯爵と父親とでどんな話になったのかと考えると、胸の奥にずぅんと重たいものが圧しかかる。常日頃本にばかりかまけているアデリシアに早く結婚しろと口うるさい両親だが、彼女は家族を愛していた。そんな彼らにアデリシアは怒りや失望を味わわせてしまったのだ。蔑《さげす》まれても仕方ない。……たとえ相手のせいだとしても。

　だが、書斎から返ってきたのは意外にも静かな声だった。

「入りなさい」

アデリシアはごくんと唾を飲み込んで覚悟を決めて扉を開けた。

中にいたのは書斎の椅子に座る父親、その近くに立つスタンレー侯爵、そして意外なことに姉のレフィーネが心配そうな様子でソファに腰をかけており、妹の姿を見ると思わずといった様子で腰を上げた。なぜか母親であるマーチン伯爵夫人の姿はない。長兄のアルバートは夕べのパーティの後、仕事が押しているとかでマーチン家の本宅がある領地へ帰っていったから当然不在である。

普段は領地の管理運営をしているアルバートは、妹の誕生パーティの為に無理矢理時間を作って王都までやってきていた。夕べはアルバートを労い同情していたアデリシアだったが、今は彼がいないことを天に感謝した。真面目な性格の長兄がここにいたらどんなことになっていたか、想像するだけで恐ろしい。

「……お、お母さまは?」

アデリシアは恐る恐る尋ねた。恐れていたような蔑みや怒りは父のマーチン伯爵からは見受けられなかったが、その静かで真剣な顔が却ってアデリシアには恐ろしいもののように思えた。

「お母さんはショックを受けていて部屋から出てこられない」

静かなりに怒りが篭もっているように聞こえたその言葉にアデリシアは身を縮ませた。

そんな妹を見かねたのか、レフィーネが自分の座っていたソファに導く。

「大丈夫よ、アディ。お母さまは心配いらないわ」

「レフィーネ姉さま……」

その優しい姉の言葉にアデリシアはこみ上げてきた涙をぐっと堪えた。レフィーネの顔には怒りや悲しみ、失望といった表情は見当たらず、ただただ心配と慈しみだけがそこにはあった。

「さぁ、座りなさい」

うながされるまま力が抜けたようにソファに腰を下ろし——その際、とある部分に痛みを覚えて顔を顰《しか》めたアデリシアに、レフィーネはいたわりの篭もった声を掛けた。

「大変だったわね、でも大丈夫よ、アディ。だって……」

「アデリシア」

不意に静かな声で父親に呼ばれて、アデリシアは弾かれたようにそちらを向いた。マーチン伯爵は書斎の机に肘を立てて手を組み、そこに顎を乗せた状態でじっとアデリシアを見ていた。

「スタンレー侯爵から話は聞いた」

その言葉に、アデリシアは震えた。やはり自分がここに来るまでの間に話が進んでしまっていたのだ。一体ジェイラントはこの屋敷の末娘の寝室に裸で寝ていたことについてどんな説明をしたのだろうか。

それを考えると泣きたくなる。どんなに言いつくろっても、自分が侯爵に抱かれたこと、純潔を失ったことは変えようのない事実だからだ。

だけど、絶対泣き寝入りだけはしたくない。そんな悲愴な思いでアデリシアは口を開いた。いや、開こうとしたのだ。だが——。

「アデリシア。お前はスタンレー侯爵と結婚することになった」

父親のマーチンが言った言葉に、アデリシアは口を開いたまま固まった。

「……え？」

——結婚？

それは予想だにしない言葉だった。確かに結婚の罠にかけるために夜這いが使われることはあるが、それは主に女性側の策略によるものだ。男性が夜這いした場合はその限りではない。それどころか人目を忍ぶ恋だったり、男性がそれこそ肉欲の為だけに行う場合がほとんどで、そこに結婚の文字はまずないのだ。

だから侯爵の場合もそうだと思っていた。男性が結婚を望むなら何も夜這いなどしなくてもいい。それこそ侯爵のような高い身分の男性は望めばどんな貴族だって喜んで娘を差し出すに決まっている。昨夜ジェイラントは「ずっとアデリシアを狙っていた」とか言っていたが、それはあくまで肉欲だと思っていた。だから一夜限りのことだと彼女は考えた。

けれど、結婚となれば話は別だ！

「侯爵と話し合った結果だ。お前は侯爵のもとに嫁ぐ。それでお前の名誉は守られる」

「ちょ、ちょっと待って下さい！」

結婚？　結婚？　スタンレー侯爵と……結婚？

ここで普通の貴族の令嬢であれば、今をときめくジェイラントとの結婚話に狂喜したことだろう。そして一も二もなく承諾したことだろう。だがアデリシアは違う。

「冗談じゃありません！」

——突然夜這いなんかを仕掛けてきた相手と結婚なんてできるものか！

アデリシアは父親の隣に立つジェイラントをキッと睨み付けた。父親になんと言ったかは知らないがこんな事態になったのもすべてこの男のせいだ。

だがジェイラントは貴族の娘の純潔を散らした代償に結婚するとは思えないほど、実ににこやかな笑みを浮かべてアデリシアを見返した。それが一層アデリシアには頭にくる。

「お父様正気ですか？　この方は突然寝室に侵入して夜這いをかけてきた人なんですよ！そんな人と結婚なんて！」

「だから彼は責任を取ると言っているんだ。それがお前のためでもある」

マーチン伯爵は重々しくそう言った後、不意に姿勢を崩して、ついでに相好も崩して言った。

「本のことにばかりかまけて嫁入り先があるかどうかと心配していたが、お前にはいい縁談じゃないか。そうだろう？　スタンレー侯爵はお前が本の虫でもいいそうじゃないか。そんなところが気に入ったのだと。そんな風に言ってくれる相手は貴重だぞ。お前にとっても悪い話じゃない。いやむしろ、この機会を逃がす手はないだろう」

あまりに軽い言い様にアデリシアは眩暈《めまい》がしそうになった。何なんだろう、この妙な軽さと上機嫌さは。

「お父様ったら……。でも、アディ、私もあなたはスタンレー侯爵と結婚するのが一番だと思うわ。彼ならあなたを理解してくれるもの」

アデリシアの横に立っていたレフィーネが彼女の肩に手を置いて言った。

あれっと思った。何かがおかしいと。

そこでようやくアデリシアはこの状況の不自然さに気づいた。

これが娘や妹が夜這いをかけられ純潔を奪われた家族の反応だろうか。もちろん今まで身近なところでそんな状況が起こったことはないからよくは分からないが、少なくとも本の中ではこんな時家族は嘆き悲しみ怒り狂っていた。相手の男に剣を向ける父親だっていた。

それに比べてうちの家族はどうだろう。ジェイラントに怒りをぶつけるどころか父親は妙に上機嫌。姉は気遣いや心配はしているものの、悲しんでいる様子はない。もし自分がその立場だったら——例えば姉のレフィーネがたいして知りもしない男に純潔を奪われたと知ったら、アデリシアは怒るだろうし嘆き悲しむだろう。少なくともこんなに平静ではいられない。そしてレフィーネはアデリシア以上に優しくて感情豊かな人だ。

……何か嫌な予感がした。それに、よくよく考えてみれば、それ以前の状況もおかしかった。なぜジェイラントはほとんど訪れたことのないこの広いマーチン家の屋敷でアデリシアの部屋が分かったのだろうか。

はじめはレフィーネの部屋と間違えたのかと思っていた。だが、侯爵ははっきり自分目当てだと断言した。つまりアデリシアに夜這いをかけるつもりで正確にその部屋に行き着いたということだ。誰かに教えてもらったとしか思えない。誰かに案内されたとしか――。

まさか、まさか――全て？　全部予定されていた？

アデリシアは慈しみの表情で自分を見下ろしているレフィーネの顔を見上げ、次に機嫌の良さを隠しもしない父親に目を向けて、そして最後にその隣に立つジェイラントへ視線を移した。

……彼は笑っていた。艶やかな微笑を浮かべてまっすぐアデリシアを見ていた。結婚を強要された男の様子ではない。そしてその翡翠色の目がアデリシアに語っていた。「言ったでしょう？　貴女は私のものだと」と。

愕然としながらアデリシアは悟った。――謀《はか》られたことを。

夜這い自体が最初から仕組まれていたのだ。父親もレフィーネもそれを最初から承知だった。恐らくこのパーティの前の段階で決められていたのだろう。だからこの忙しい時期にもかかわらずアデリシア付きの侍女であるマリエラの休暇がすんなり許可されたのだ。

――アデリシアの守りを崩すのに、彼女がいない方が都合がよかったから。

そうして無防備になったアデリシアはあっさりジェイラントの手の中に落ちた。

――何が「パーティで貴女に逃げられて私は決心しました」よ！　最初からそのつもりだったんじゃない!!

アデリシアの中に怒りやら嘆きやらの感情が嵐のように湧《わ》き上がってきた。

一体いつからそんな風な話になっていたのだろう？　そしてどうして父親や姉はそれに加担したのだろうか？

確かに社交界に一切顔を出そうとしないアデリシアを家族は心配していた。父親は口癖のように「嫁の貰い手があるだろうか」と嘆いていたし、レフィーネも事あるごとに非社交的な妹を案じていた。だからスタンレー侯爵という優良物件が目の前に現れたら、それを逃したくないと思う気持ちも分からなくはない。分からなくはないが――これはあまりに酷すぎる。

夜這いはないだろう、夜這いは！

だが憤慨する心のどこかで冷静な声が聞こえてくる。ならば自分は、こうなる前に普通に侯爵に嫁げと言われてそれを承知しただろうかと。

アデリシアはかつて一度だけ恋をしたことがある。しかし相手は不誠実な人物で、彼女の淡い想いは無残にも砕け散ってしまった。

初恋に破れてから、アデリシアは女性と派手な噂のある男は全て忌避《きひ》してきた。またそれを家族の前で口にしてもいた。だからきっと嫌だと言ったはずだ。それを父も姉も予想したことだろう。

でもだからといって、これはあんまりだ。皿に盛られて侯爵へ差し出されたに等しい。もっと下世話な言い方をすれば、売られたのだ、自分は！

「私、嫌です！　絶対スタンレー侯爵とは結婚なんてしません！」

「アデリシア、もう決まったことだ」

聞き分けのない子供に言い聞かせるように父親が言った。

「こんな売られたみたいにやり取りされるのは嫌です！　絶対に承知しませんからね！」

「お前も伯爵家の娘なら分かるだろう。我々貴族の結婚は義務だ。聞き分けのないことを言うんじゃない」

「でも！」

「それにこれはお前に是非を尋《たず》ねているのでない。家長命令だ」

不意に厳しい表情と声でマーチン伯爵は言った。

「アデリシア、お前はスタンレー侯爵に嫁ぐのだ。それにこれは言いたくはなかったが

――お前には侯爵と結婚する以外に選択肢はない。分かっているだろう、お前はすでに純潔を失っているのだから」

「……！」

その言葉にアデリシアは真っ青になった。今更ながら貴族の娘にとっての純潔の重要性が重く圧し掛かってくる。純潔を失うとはすなわち商品価値を失うことなのだ。

「お父様、その言い方はあんまりですわ」

言葉を失ったアデリシアに代わってレフィーネが抗議の声を上げた。だが、マーチン伯爵は椅子から立ち上がりながら言葉を重ねる。

「本当の事だ。仕方なかろう。さぁ、二人とも話はこれで終わりだ。部屋に戻りなさい。私と侯爵はこれから話を詰める必要がある。それと、今日は揃って食事という気分ではないだろうから、朝食は各自の部屋に運ばせる。さぁ、行きなさい」

「……アディ……」

退出を促されたレフィーネが心配そうにアデリシアを覗き込み、背を撫でた。

「とりあえず部屋に戻りましょう？　アディ」

だがアデリシアは動くことができなかった。

「私が……」

侯爵が歩み寄ってアデリシアを抱き起こす。その際、アデリシアを一晩中包み込んでいたジェイラントの麝香《じゃこう》のような匂いが鼻腔《びくう》をくすぐった。その香りから引き出される記憶に鈍痛を覚えていた部分がズクリと疼いた。ジェイラントを迎え入れていたときの感触まで蘇ってくる。

その身体の不可解な反応にアデリシアはぶるりと震えた。その震えをどう解釈したのか、ジェイラントがふっと笑ってアデリシアの耳に唇を寄せて呟いた。

「諦めなさい。貴女は私のものだ。どんな手を使ってでも手に入れる。貴女を雁字搦《がんじがら》めにして私しか目に入らないように仕向けてでも。……それにほら、忘れたのですか？　昨夜のことが実を結ぶかもしれませんよ。――貴女のそのお腹の中でね」

アデリシアは呆然と自分の部屋の中で立ちつくしていた。どうやって父親の書斎から戻って来たのかよく覚えていないが、レフィーネの心配そうな顔をぼんやり思い出せることを考えると、彼女がここまで送ってくれたのだろう。

だがアデリシアはそのレフィーネの顔を思い出したとたん吐き気を覚えた。父親もレフィーネも自分を侯爵に売り渡したも同然なのだ。

――スタンレー侯爵。

あんな人だとは思わなかった。もっとスマートで、礼儀正しい人だと思っていたのだ。なのにあんな風に……。

最後に囁かれた言葉を思い出して、アデリシアはお腹をそっと押さえた。馬鹿みたいだが言われて初めてジェイラントが自分の中に放った白濁《はくだく》が子種《こだね》であることを思い出したのだ。もちろん、未婚の貴族の令嬢はそんな生々しい知識は持っていない。だがアデリシアは経験はなくとも本からの知識で男女の情交がどういうものか知っていた。なのに、あの熱に浮かされたような時間は、今までの本で得た知識などほとんど役に立たなかった。そのことがアデリシアを妙に心もとなくさせていた。

……本当に身ごもっているのだろうか、侯爵の……子を？

アデリシアはぶるっと震えた。自分の将来が勝手に他人の意思によって決められることに恐怖を覚えた。

本当に自分は侯爵と結婚しなければならないのだろうか。……いや、しなければならないのだろう。純潔を散らされ、それを使用人とはいえ外部に話が漏れる可能性のある他人に見られた挙げ句に身ごもっているかもしれないともなれば……。

だが、アデリシアの心は嫌だと叫んでいた。こんな無理矢理な形では嫌だと。けれど父親に命令されてしまったからには避けるのは難しい。

「……そうだ、お母さま……」

アデリシアは不意にあの場にいなかった母親の事を思い出した。彼女ならあるいは父親の意志を変えることができるかもしれない。

アデリシアは部屋を出てヨロヨロと両親の部屋に向かった。母親はショックを受けて部屋に篭もっていると言っていたけど……。まずは謝って昨夜何があったか正直に告白しよう。そしてその上で、夜這いのような真似をした侯爵とは結婚したくないと訴えよう。

そう思いながら廊下を進んでいく。ところが両親の部屋の前まで来ると、中から興奮したような声が聞こえてきて、ノックをしようとしたアデリシアの手が止まった。

「さっそくドレスを注文しなければならないわね！　どんなデザインにしようかしら。あの子ったら素材は悪くないのにいつも地味な恰好で自分を着飾ることをしないから……。ああ、でもなんて素敵なのかしら。あのスタンレー侯爵と縁続きになれるなんて！」

「奥様、お声が高いですよ」

「あら、そうだわね。つい興奮してしまったわ」

「それに結婚式用のドレスより先に、パーティ用のドレスを誂《あつら》えなければなりません。侯爵様の婚約者としてパーティに出席する機会が多くなるはずですから」

「そうだったわ。まずはパーティ用のドレスから考えなくてはならないわね。ああ、忙しくなるわ！」

どうやら女中頭と話をしているらしい。だがその嬉々とした口調と話の内容はとてもではないが〝ショックを受けて部屋から出られない〟ようには思えなかった。……どうやら家族の中にアデリシアの味方は居ないらしい。

その瞬間、アデリシアの頭の中で何かがぷちっと切れた――

人の気持ちも知らないでみんな勝手に決めて！

だれがこのまま大人しく侯爵と結婚などするものですか！

あの人の思うとおりにさせてたまるものですか！

自分の部屋へ向かって廊下を進むアデリシアの表情は決意に溢れていた。

3　図書館司書ランダル

「ちょうど良かったわ、この本あんたのところのやつだから、さっそく整理してちょうだい」

朝、城に出勤したアデリシアは、開口一番ワゴンいっぱいに積まれた本を指さす上司のレナルドに苦笑した。

「おはようございます、レナルドさん。今日は特に多いですね」

「そうなのよねぇ。うちの渉外員があれもこれもと買い集めちゃったのよね。ま、アタシはいろいろな本が読めるからいいんだけど」

そう言って肩をすくめるこの上司はれっきとした男性だ。こんな口調だが声も太いし、喉仏もちゃんとある立派な、まごう事なき男性である。

顔は女顔だけど。服装も派手目な上にレースなんかをあしらっているけど。恋愛小説が大好きだけど。

「何よ、さっきから。アタシに何か文句あるの？」

菫《すみれ》色の目を細めて睨みつけてくるレナルドにアデリシアは慌てて首を振った。

「いえ、もちろんありませんとも！」

「とにかく、今日はやることいっぱいあるんだから、荷物置いてさっさと仕事始めるのよ、ランダル」

「はい！」

アデリシアは元気よく返事をした。


——ランダル。

それがここ、王室図書館でのアデリシアの名前だ。兄のランダルの名前を騙《かた》っているのではない。兄の代わりに勤めているのだ——男装までして。

だから今のアデリシアはドレス姿ではなく、目立たない紺色の上着に同色のベストとトラウザーズ、喉仏がないのをごまかすため首元まできっちりしめた白いシンプルなクラバットといったごくごく普通の男性の恰好だった。

女のアデリシアが男の恰好をして兄に成り代わる。普通はできることではない。だがアデリシアとランダルが双子で非常に似通っていたこと、アデリシアが普段から男装をして街に出かけていたこと、そして上司のレナルド・クラウザーの助力もあって今のところ問題なく勤められていた。

それはそれで女としては何か虚しいものを感じるのだが、侯爵から逃げ回っている身としてはここほど趣味と実益を兼ねたうってつけの隠れ家はないので文句は言えない。

だだっ広い王室図書館の一角の机に陣取り、図書館の渉外員が購入してきた本の目録を作り、分類の番号を振り、貸し出し用のカードを作成しながら、アデリシアはこの一ヶ月に起きたことをぼんやりと振り返った。

まさか家出をしたあの時は、ここでランダルの代わりに男装までして働くことになるとは夢にも思わなかった。まさに事実は小説より奇なりである。

両親の部屋から自分の部屋に戻るまでの間に、アデリシアは家を出る決意を固めていた。相手の家には失礼に当たる行為だし、もちろん両親にも迷惑をかけることになるがアデリシアは構わなかった。スタンレー侯爵に売りつけようと強硬手段に出たのはそっちが先なのだ。

まったく、どこの世界に娘への夜這いを斡旋《あっせん》する親がいるだろうか。……いや、もしかしたらそんな親もいるかもしれないが、いくらアデリシアが結婚を拒否しそうだからといってそんな手段に出るなんて酷すぎる。

アデリシアはもう、何もかも投げ出したい気分になっていた。

運ばれてきた朝食には手をつけずに、怒り心頭なまま必要なものをカバンに詰めながらアデリシアはどこへ逃げようかと思案し、しばらくあれこれ考えた後、友人であるリンゼイ・ベイントンを頼ることにした。

両親はリンゼイとの交流についてあまり良い顔をしていないが、アデリシアにとっては数少ない友人で貴重な理解者の一人だった。同じ年で話も合う。それにジェイラントはアデリシアとリンゼイの交流は知らないに違いない。リンゼイは貴族ではないから、父親だっておおっぴらにできないだろう。そう考えるとリンゼイのところに逃げ込むのはもってこいのように思えた。

アデリシアは手早く支度をすると、両親への置き手紙をしたためた。

『親愛なるお父様、お母様へ。このたびの侯爵様との結婚についてはやはり納得がいきません。家族ぐるみであの夜這いを計画されたことについても。今後の事をどうするかしばらく家を出て一人になって考えたいと思います。探さないで下さい。それと、侯爵様には結婚をお断りして下さいませ。その際、あなたにふさわしい相手はほかにいくらでもいるので私のことは捨て置いて欲しいとお伝え下さい』

アデリシアは両親への手紙をサイドテーブルに置くと、いつも街を歩く時のような質素な服に着替えた。できればいろいろな本を持ち出したかったが、それは無理だろう。せめて両親が腹を立ててアデリシアが集めた本を処分しないことを祈るしかなかった。

アデリシアは部屋に備え付けられた大きな本棚を名残惜しげに眺めた後、最低限の荷物を詰めたカバンを持ってそっと自分の部屋を出ていった。


リンゼイ・ベイントンは準男爵の娘だ。準男爵とは一代限りの爵位なので厳密に言えば貴族ではない。だから一応貴族の末端としてリンゼイも社交界に出られる立場ではあるけれど、平民あがりと揶揄《やゆ》されることが多かった。

だが艶やかな黒い髪に茶色の瞳を持つリンゼイはとても綺麗だし、教育熱心な両親のおかげで貴族の子女の中の誰よりも教養に溢れている女性だ。アデリシアほどではないにしろ読書家であるリンゼイは貴重な読書仲間であり理解者だった。

「あのジェイラント・スタンレー侯爵が夜這いとはねぇ」

話を聞いた友人のリンゼイの驚きはそこに尽きるようだった。

「……私だって驚いたわよ。レフィーネ姉さまが目当てだと思っていたのだから」

「レフィーネ様には恋人がいるんでしょう？」

「ええ。でもあのスタンレー侯爵なら恋人がいる女性にだって言い寄り兼ねないわ。いろいろな女性と付き合ってきたって話じゃないの」

むっつりとして言うアデリシア。

「きっと今回のことだってただの気まぐれよ。すぐに飽きるに決まってるわ」

「そうかしら？」

リンゼイは首をかしげて言った。

「確かにいろいろな女性とお盛んだったたって話は聞いたことがあるわ。でもそれは何年か前までの話よ。ここ数年はそんな噂も女性の影もないそうじゃないの。まぁ、相変わらずモテてはいるようだけど。ヘンドリー侯爵の令嬢だって彼を狙っているって話だし」

アデリシアの脳裏には、姉の誕生パーティに来ていた艶やかなドレスを身にまとった令嬢が浮かんだ。

「……知っているわ。夕べうちのパーティにも来ていたから。レフィーネ姉さまとは親しくはないけれど、スタンレー侯爵が出席するという情報をどこかから聞いたのか、当日になっていきなり招待しろと捩じ込んできたらしいの」

「あら、まぁ、噂に違わずわがままで強引な人のようね、アリーサ嬢は。彼女、侯爵があなたに夜這いを仕掛けて結婚の罠に嵌《は》めたと知ったらどうすることやら」

いたずらっぽく笑うリンゼイの言葉に、アデリシアはゾッと身を震わせた。

「怖いこと言わないで。あの人とは関わりたくないんだから。それに……私は絶対侯爵と結婚なんてしませんから。あんな、女性といろいろと噂のある人なんてゴメンだわ！」

「アデリシア……」

リンゼイは気遣わしげにアデリシアを見て言った。

「あなたは初恋のことをまだ引きずっているのね？」

「……」

アデリシアはふっと視線を逸らし、あの日のことを思い出した。


――アデリシアの初恋。

それは三年ほど前、アデリシアがまだ社交界にデビューする前のこと。レフィーネの友人の屋敷を二人で訪れた時のことだった。

立派な図書室があるという言葉に釣られて来たアデリシアだったが、最初は大人しく姉の友人たちの噂話を神妙な顔で聞いていた。屋敷の主には娘が三人いて、このほど長女の結婚がようやく決まったらしい。レフィーネの友人は三女で、当の長女とは面識がある程度だったが、それでも若い女性の最大の興味や関心事は結婚のようで、その話は大いに盛り上がった。

だが社交界デビュー前の、本にしか興味のなかったアデリシアはその手の話題には関心がなく、そのうち大人しく聞いているのが苦痛でたまらなくなってしまった。だからレフィーネに声をかけて図書室に行くことにしたのだ。

　使用人に案内されて通された図書室は広く重厚な造りで、壁一面の本棚にたくさんの書物が溢れていた。この屋敷の一家の趣味なのか、見たことのない貴重な本から、どこにでも売っているような軽い読み物まで網羅されている。アデリシアは夢中になり、片っ端から手に取って眺めていた。

　――その人に声を掛けられたのはそんなときだった。

　いつのまに図書室に入ってきたのだろうか。振り返ったアデリシアの目に、まるで本から抜け出てきたかのような素敵な男性が立っていた。年の頃は二十歳くらいだろうか。本に興味のある女の子は珍しいので声を掛けてしまったと言っていた。

　たいていの男性はアデリシアが本に夢中であるのを聞くと眉を顰《ひそ》める。この国では本は男が読むもので女が読書をするのは生意気と取られる風潮があるからだ。けれどその青年はそんなそぶりは一切見せなかった。それどころかアデリシアが本について話すのも興味深そうに聞いてくれるのだ。

　本に夢中で恋や愛を語るにはまだ幼かったアデリシアではあるが、物語のような恋物語に憧れないわけではない。すっかりその青年に心酔していた。ことに青年が持っていた本を記念にアデリシアにくれたとあっては。

『友人の為に持ってきたものだけど、君の方が喜んでくれそうだから』

その本は隣国で大人気の恋愛物語だった。男性向けというよりは女性向けの話で、あまり本を読まないはずの貴族の女性すらこぞって手に入れたがっているという。だが、この国ではまだ流通しておらず、アデリシアもランダルも読んではいなかった。青年はそんな貴重な本をアデリシアにくれるというのだ。彼女は喜んだ。この本を一生の宝物にすると誓ったくらいだ。浮かれた気持ちのまま、自分が求めていたのはあなたかもしれない、というような事まで告げてしまった気がする。そんないつもと違う言動をしてしまうくらい舞い上がっていたし、同時に青年に対して不思議なほど強いつながりを感じていた。

だが、名残惜しげに青年と別れ、その後図書室を満喫した後に悲劇が待っていた。

レフィーネたちのいる談話室の場所がわからず屋敷を彷徨《さまよ》っていたアデリシアは、現在位置を確認するために覗いた窓の外に、先ほど別れた青年がいるのに気づいた。そこは屋敷の端に位置する小さな中庭で、人がめったに訪れないひっそりとしている場所だった。そう、逢い引きするのにぴったりな――。

そう考えたのは青年が一人ではなかったから。淡い水色のドレスを着た女性を抱きしめていたから。……その女性とキスをしていたからだった――。

アデリシアは本をぎゅっと抱えながらそっと窓から離れた。

……そういえば彼は言っていた。友人を訪ねてこの屋敷に来たのだが、その友人に外せない用事ができてしまい、その間の時間つぶしの為に図書室に来たのだと。アデリシアはその友人は男だと思い込んでいた。……だけどそうではなかったらしい。

不思議なくらいショックを受けた。あんなに素敵な人だから恋人がいたっておかしくない。そう思うものの、胸に鉛ができたかのように気持ちが沈んでいく。意気消沈したままふらふらと彷徨い、何とか談話室を見つけたアデリシアだが、そこで更なる衝撃を受けることになった。

そこに水色のドレスを着た美しい女性がいたのだ。そう、さっき中庭であの青年と抱き合っていた女性が。

そしてその女性が結婚が決まったと話題になっていた件の長女であることを知ってガンッと頭を殴られた気がした。

長女の結婚相手は四十代の子持ちという話だった。だからあの青年ではあり得ない。つまり――結婚が決まった女性と抱き合いキスを交わしていたのだ、あの青年は！

吐き気がした。婚約はただの口約束ではない。正式な契約なのだ。夫婦ではないがそれに準ずるものとして扱われる。だから――決して別の男性とあんなキスをしてはいけないのだ。少女らしい潔癖さでアデリシアはそう思った。

不意に、青年からもらった本が汚らわしいもののように感じた。

きっとこの本はこの女性に贈るつもりで持ってきたに違いない。けれど、あの人はそれをぽんとアデリシアに贈ってよこしたのだ。見ず知らずのほんの少し話しただけの自分へ。

その事実はあの青年の不誠実さをそのまま表しているように思えてならなかった。

もうこの本を読む気は起きない。手にしているのも嫌だった。元々この水色のドレスの女性に贈るつもりだったのだからここに置いていけばいい——そう思ったものの、なぜか穏やかな目をして笑う彼女に反発の思いが湧いてきて、結局本は家に持ち帰ってしまった。けれどやっぱり目にするのも嫌で、読まずに棚の奥にしまい込むことになった。二度と目にしないように奥へ奥へと。

その後、様々な人たちから、あの青年の女性関係が激しいことを聞かされて更に幻滅した。

——それがアデリシアの苦い初恋の思い出だ。


「でも、アディの初恋の人って確か……」

何か言いかけたリンゼイをアデリシアは手を挙げて制した。

「もう初恋のことはいいの。昔のことなんだから。……だけど、あの事で私は悟ったの。ああいう人種には関わっちゃならないって。恋多き男なんて碌《ろく》なものじゃないわ。あっちこっちで思わせぶりな事をして。不誠実で。そして興味を失ってすぐに飽きるのよ。そんな風に泣かされている子をリンゼイだってたくさん見てきたでしょう？　スタンレー侯爵だって……いいえ、スタンレー侯爵だからこそ、私への興味なんて長続きするはずないわ。

結婚したってすぐに浮気するに決まってる」

「そう決め付けるものじゃないと思うのだけれど。少なくともスタンレー侯爵が誰かに求婚をしたなんてことは今まで聞いたことはないわ。たとえ貴族の令嬢の純潔を散らしたとしてもね」

顔を顰めて黙り込んだアデリシアにリンゼイは苦笑しながら言った。

「でも、まぁ、私はアディの味方だし、相手に簡単に屈したくない気持ちはわかるわ。うちは構わないから、好きなだけ滞在して。もしマーチン伯爵の使者が来ても、あなたは来てないって言ってあげる」

「リンゼイ、ありがとう！」

ホッと胸を撫で下ろすアデリシア。

「そんなに長期間にはならないと思うの。私が結婚を嫌がって家出をしたって知れば、きっと侯爵はそのうち諦めるか興味を無くすと思うから」

だが、そのアデリシアの言葉にリンゼイは困ったように眉を下げた。彼女がそうは思っていないのは明らかだった。

アデリシアは知らなかったが、リンゼイの洞察力は正しかったといえよう。彼女たちがベイントン邸で会話を交わしている頃、マーチン伯爵家の当主の書斎ではこんな会話がなされていたのだから。

「なんてことだ……」

アデリシアの家出を知って顔を覆ってうな垂れるマーチン伯爵に、ジェイラントはにっこりと微笑みかけた。

「そもそも、彼女が大人しく私と結婚するとは思ってませんでした。まぁ、だからこそ手っ取り早く夜這いを仕掛けたわけですが、それに唯々諾々《いいだくだく》と従う子ではないでしょう」

彼はそれを知っていた。そんなに簡単に折れてくれるなら、とっくのとうにジェイラントはアデリシアを手に入れていただろう。だがそうでないからこそ追いかけたくなる。手折りたくなるのだ。

ジェイラントにとってアデリシアは人知れず咲いている花のようなものだった。彼だけのために、彼が手折るためだけに咲く花だ。彼はその花がまだ蕾《つぼみ》のときからずっと見守ってきた。人に知られないように、慎重に。そして花が開いたら摘み取って自分だけが愛でるつもりだった。

――今、その花は開き、芳しい匂いを放ってジェイラントを誘っている。

ジェイラントは、アデリシアの手紙を指の間に挟んでひらひらと揺らしながらマーチン伯爵に言った。

「マーチン伯爵。アデリシアのことは私にまかせていただけますか？」

「……え？」

「無理に探して連れ戻そうとしないで下さい。この手紙を見る限り、我々が結託していることを彼女は知っているようです。ですから伯爵たちがやっきになって連れ戻そうとすればアデリシアは更に意固地《いこじ》になって逃げようとするでしょう。違いますか？」

「それは……」

マーチン伯爵はジェイラントの洞察力に舌を巻いた。アデリシアは本を与えておけば大人しい子だ。姉の陰に隠れて地味で内気だと周囲にも思われている。だがその実、とても頑固なのだ。だからマーチン伯爵が何度怒っても本から離れることはなかった。しかも無駄に行動力があって、時々家族を驚かせることもある。今回がいい例だ。

「だから彼女のことは私にまかせて下さい。彼女の居場所は把握していますから心配いりません。多少時間はかかるかもしれませんが、必ずこの手で捕まえますから」

ジェイラントは誰をも惹《ひ》き込む笑顔をマーチン伯爵に向けた。

「計画通りに話をこのまま進めましょう。マーチン伯爵夫人にもドレスは注文するように伝えて下さい。数ヶ月後に国王陛下の誕生パーティが城で開かれる予定なので、それに間に合うようにしてくださると助かります」

「……わかりました。あの子のことは侯爵におまかせします」

マーチン伯爵は疲れたようなため息をついた。

ジェイラントは頷《うなず》き、それからアデリシアの手紙に視線を落として笑みを浮かべたまますぅと目を細めた。脳裏に浮かぶのは、以前、図書館で声をかけたときのアデリシアの姿だった。

「アデリシア」

人気のない図書館の窓からさし込む日の光に照らされながら、アデリシアが真剣な眼差しで本と向きあっている。声をかけてもアデリシアが本から顔を上げることはない。……無視されているのではない。いつものように人の顔を見るなり顔を背けるのでもない。彼女には自分の声は聞こえていないのだ――本に夢中で。

身体に触れればさすがに気づくだろうが、ジェイラントはそうせずにじっとアデリシアの横顔を見つめた。いつも逃げられるので、こんなに近づいて見られることはめったにないからだ。

真剣な、それでいて口元に柔らかな笑みを浮かべて本に没頭しているアデリシア。初めて彼女を見たときは、まだ少女だったが、成長した今、地味なドレスに包まれていても、その柔らかそうな曲線は隠しようがなかった。

不意に疼くような欲望を感じて、ジェイラントはアデリシアの髪にそっと触れた。金糸のようなそのサラサラとした感触にいっそう飢えを覚える。

攫ってしまおうか……？　ふとそんな暗い考えが浮かんだ。

貴族図書館は貴族がその蔵書を一般に開放している私設図書館だ。有料で、身元のはっきりした——要するに貴族や裕福な商人にしか開放されていないために、めったに人は訪れない。現に今もこの本棚の付近にいるのはアデリシアとジェイラントだけだ。ここでジェイラントがアデリシアを攫っても人に見られる心配はない。

攫って、自分のベッドに縛りつけて、快楽を植えつけて、自分だけをその瞳に映すようにしてしまおうか……？

それは非常に魅力的な考えに思えた。だが、ジェイラントは何とかその考えを押し込めた。

……まだだ。まだ早い。まだ機は熟していない。彼女の周りを取り込んで、雁字搦めにして、逃げられないようにしてからでなければ。

アデリシアが貴族でなければ、あるいはもっと身分の低い貴族であったらジェイラントは迷わず強硬手段を取っただろう。だがアデリシアは伯爵令嬢で、マーチン伯爵はそここそ力のある貴族だ。結果は同じであっても貴族として筋は通さなければならない。だからこそこんなに手間をかけているのだ。

ジェイラントはアデリシアの髪のひと房《ふさ》を手に取り、そこに口づけた。

——アデリシア、今は見逃してあげます。けれどその時がきたら、決して逃しはしない。

……貴女は私のものだ。そう心の中でつぶやく。

アデリシアはそんなジェイラントに気づかず、ずっと本に視線を落としたままだった。

——そして今、機は熟した。

あの時は見逃してやったが、今度はない。……必ず捕まえてみせる。どこに逃げようとも。


アデリシアが家出をして二日後、リンゼイが二通の手紙を携えて部屋にやってきた。

「どうやらスタンレー侯爵の方が一枚上手みたい。アディはいないって言ったのに、あの使者、ここにいると確信しているかのように無理矢理手紙を置いていったわ」

スタンレー侯爵家の蝋印《ろういん》がついた手紙をヒラヒラとさせながらリンゼイが言った。

「それともう一通はマリエラからよ。さっそく情報を送ってくれるなんて、優秀な侍女ね」

これもヒラヒラさせた後、リンゼイはアデリシアに手渡した。マリエラにはリンゼイの力を借りて直接手紙を出し、今回のことを知らせて、マーチン家の情報を送ってくるように頼んだのだ。

アデリシアは二つの手紙を見つめた後、嫌な知らせを見るのを先延ばしにしたくてマリエラからの手紙を先に開封した。驚いたことに、手紙の中にはアデリシア宛てのランダルの手紙も同封されていた。どうやらマリエラが気をきかせて一緒に入れてくれたらしい。

「マリエラは、私が家出をした翌日にマーチン伯爵家に戻ったみたい」

手紙に目を走らせながら、アデリシアは言った。だが、読み進めていくうちに彼女の眉間にどんどん皺が寄っていく。

「アディ？」

「……マリエラによると、私は家出したことにはなってなくて、結婚前の花嫁修業のためにスタンレー侯爵家に行っていることになっているそうよ」

マリエラがマーチン家に戻ってみるとアデリシアの姿はなく、女中頭からそのように伝えられたのだそうだ。

父親とスタンレー侯爵との間でどんな話になったのかは知らないが、アデリシアの家出の事実は巧妙に隠され、しかもアデリシアが不在でも問題がないような筋書きが出来上がっていた。

アデリシアは青ざめた。自分が家出をすればジェイラントの顔に泥をぬったことになるから、そんな女性を妻にしたがるわけはないと思っていた。だからこの結婚話が流れるのを待って家族にコンタクトを取ろうと考えていたのだ。家出をしたとはいえ、アデリシアは家族と縁を切るつもりはない。ただ——結婚を回避して家族に反省してもらいたいがための家出でもあった。

だが、マーチン家では家出した事実そのものがなかったことにされていた。これでは何の意味もないではないか。しかも公的にはアデリシアはジェイラントのもとにいることになっている。結婚を白紙に戻すどころか下手をすれば……。アデリシアはぶるっと震えた。

「アディ、スタンレー侯爵の手紙も読んだ方がいいのではなくて？」

そのリンゼイの言葉に顔を顰めたアデリシアは、ジェイラントから届いた手紙をしぶしぶ見下ろした。嫌だが仕方ない。結婚についてどう思っているのかがそこに書かれてあるかもしれない。そう思いながらアデリシアは手紙を開封した。

――親愛なる私のアデリシア。

手紙はそんな言葉から始まっていた。

『私と貴女が楽しい時間を過ごしてから早三日ですね。体調はいかがですか？　翌日の歩くのも不自由そうな貴女の姿に胸が痛みました。できれば介抱して差し上げたかったのですが私が再び貴女の部屋を訪れた時にはもう貴女は出た後でした。残念です。

――さて、今度のことですが、マーチン伯爵と話し合った結果、貴女には我が家に滞在していただくこととなりました。もちろん今すぐというわけではありません。今回のことは貴女にとっては突然のことなので戸惑う気持ちも、心の整理をつける時間が必要だということも分かっています。ですからベイントン家にしばらくお邪魔して落ち着かれるとよいでしょう。時期が来たら迎えにあがります。けれど言っておきますが、逃げようとはなさらないで下さい。どこに行こうと無駄ですから。貴女の交友関係は把握している……とお伝えしておきます』

手紙を読みながら赤くなったり青くなったりする友人を不思議に思ったリンゼイはアデリシアの手から手紙を奪い目を通す。

「……どうやら全然諦める気はなさそうね。アディの交友関係は把握している、ですって……すごいわね」

何がすごいかと言えばジェイラントのその執着ぶりがである。

リンゼイの知るスタンレー侯爵の評判は、過去に女性との関係がお盛んだったことと、スマートで物腰は柔らかく、礼儀正しい貴公子として男女問わず人気があるというものだった。……なるほど、確かにこの手紙からは物腰の柔らかさと礼儀正しさがうかがえる。だがリンゼイはそれとは違う彼の別の性質をこの文から見い出していた。

アデリシアに対する並々ならぬ執着と、彼女に気づかせずに外堀を埋めて事を運び、かつ逃げ道を塞いで追い詰める用意周到さと腹黒さ。更にわざわざアデリシアの純潔を奪ったあの夜のことを仄《ほの》めかすことを書くあたり、好青年、麗しの月の貴公子と呼ばれる侯爵はとんでもない人物だったようだ。

そんな彼に目を付けられてしまった友人に、リンゼイは心から同情した。

「どうしよう、リンゼイ。私どこに逃げればいいのかしら」

アデリシアは衝撃から戻ると青ざめた顔をリンゼイに向けた。

この手紙を読むまで彼女はある意味楽観視していた。あの夜あんな風に欲望を叩き付けられいろいろ言われたにもかかわらず、彼ならすぐに飽きるに違いないと思っていた。なぜなら浮き名を流していた頃の彼は、どんなに女性が望んで引き止めても最後には必ず去ってしまうことで有名だったからだ。だから一度自分のものとなったアデリシアのことも早々に興味を失うのだろうと、そう高を括っていた。

だが、この手紙を読む限り、ジェイラントは自分への興味を失わずに、更に結婚への道を突き進もうとしているらしい。それは一体なぜなのだろうか。家？　だがアデリシアの家にそんなに魅力あっただろうか。しかしそんなことよりも今は――。

アデリシアは爪を噛みながらジェイラントから逃れる方法を必死に考えた。どこかに身を隠さなければならない。彼が容易に居場所を見つけられない場所に。……できれば思いもよらない場所がいい。まさかアデリシアがこんな場所に行くとは思えない場所に。だが、そんな意表をつくような隠れ場所などそう簡単に思いつかなかった。

ため息をついたアデリシアはふと、まだ開封していない手紙があるのを思い出した。双子の兄であるランダルから送られてきた手紙だ。アデリシアの視線を追って、リンゼイもその手紙の存在を思い出したらしい。

「とりあえず、それでも読んで気分転換したらどうかしら。あなたのお兄さんのことだから買った本のことをあれこれ書いてきているんでしょう？」

「でしょうね。というか本の話題じゃないランダルの手紙なんて読んだことないわ」

アデリシアは苦笑しながらランダルからの手紙を開封する。だが、読み進めていくうちにその顔は驚愕のものへと変わっていった。

「初版本？　……え？　そのまま行くって……ランダルってば、もう、仕事どうするのよ！」

しまいにはぷりぷり怒り出したアデリシアにリンゼイは尋ねた。

「お兄さんがどうかしたの？　隣国に本の買い付けに行ってるんでしょう？」

「そうなの。仕事を始める前に遠出をしておきたいって言ってね。手紙によると、そこで知り合った商人に幻の初版本の情報を聞いたらしいの。なんでもその商人の取引先でそれらしき本を扱っているのを見たことがあるとかで。だけど、その取引先っていうのが、更に東の国なの」

「まさかそのまま東の国へ……？」

「そのまさかよ。今頃は隣国の更に東の国でしょうね」

アデリシアは深いため息をついた。

幻の初版本。それはランダルが探している、とある冒険家の自伝的小説の初版本のことだ。今でこそそんなことはないが、その冒険家が本を出した頃は、読者の要望や版元の希望に合わせて版を重ねるごとに内容が大幅に改変されていくことも珍しくなかった。そのためその冒険家の本も何度も版を重ねた結果――最初に書かれた内容とはまるで別物になってしまったのだ。

そうなると一番初めの話が読みたくなるのが人情というもの。ランダルはずっとその作家の初版本を探していたのだ。だからその初版本の情報を入手してすぐにでも確かめたくなる気持ちは分かる。分かるが――

「だけど、確かお兄さんは来月から王室図書館にお勤めすることになっていたのではなかったかしら？」

リンゼイの言葉にアデリシアは怒りを再燃させせながら頷いた。

「そうよ。王室図書館に勤務することが決まってたわ」

マーチン家の家督は長兄のアルバートが継ぐと決まっているので、次男であるランダルは自分の力で生活をしていかなければならない。一応マーチン家の領地からあがる税収の一部をランダルが受け取れるようにしてあるものの、本だけ読む生活をしているわけにはいかないのだ。それでどういうツテを頼ったのかは分からないが、見つけてきたのが王室図書館の司書の仕事だった。

「それなのに、あの馬鹿兄、行っちゃったのよ！　そんな遠出をしたら絶対間に合わないのは分かっていながら！」

アデリシアは王室図書館に勤められるランダルが羨ましくて仕方なかった。普通、貴族の女性は仕事をしない。せいぜい城に侍女か女官としてあがるくらいだ。一般庶民はその限りではないが、貴族の女性が仕事をするのは家の恥とされた。貴族女性は夫に従い、家を切り盛りし、子供を産み育てるのが仕事で、職を持つなどもってのほかなのだ。

貴族じゃなかったら、女じゃなかったら……。何度そう思ったことか。本を読むのが好きというだけで顔を顰められるたびに、堂々と本を読めるランダルを羨ましく思った。加えて憧れの王室図書館に勤められるなんて——。それなのに、その大事な司書の職を手放しかねない危険を冒すとは！

「本人はその仕事については何と言ってるの？」

「出仕が遅れるのを副館長のレナルドさんとやらに伝えて欲しいですって」

手紙をテーブルの上に叩き付けながらアデリシアは言った。

「まったく、勝手なんだから！　こっちはそれどころじゃないのに！　どうやって侯爵から身を隠すか考え……」

不意に思い浮かんだ妙案にアデリシアの言葉が止まった。

……こんなこと普通はあり得ないし、考えつかない。だからこそ……反対にいいかもしれない！

「アディ？　どうかしたの？」

急に考え込み始めたアデリシアにリンゼイが怪訝《けげん》そうに尋ねる。

……大丈夫。だって、ランダルは司書の人たちは本のことばかりで他人に興味がないと言っていたし……。なにより、ランダルとは双子なのだから！

「リンゼイ」

アデリシアは顔を上げ、リンゼイに決意の篭もった目を向けた。

「私、決めたわ。ランダルの代わりに来月から私が王室図書館で働くわ――もちろん、ランダルとして、男としてね！」

4　王室図書館

「あんた、ランダルじゃないわね」

出勤一日目。アデリシアと顔を合わせて開口一番にレナルドが言った言葉がそれだった。

アデリシアは最初何を言われたのか分からなかった。その時彼女はいろいろなことに仰天して混乱していたのだ。

混乱の元――それは当然、目の前のレナルドだ。

アデリシアはまず、副館長に挨拶をしに彼の執務室を訪ねた。ところが、そこにいたのは女と見まごうばかりの麗人だった。腰近くまである流れるような栗色の髪。すずやかな目元に繊細な目鼻、化粧はしていないのに濡れて妙に色っぽい口元。背は高く細身なその姿は中性的で、それなのに妙に艶やかだった。それは例えるなら女性が男装しているかのような――。

男、よね？　挨拶をしようと口を開きかけていたアデリシアはそのままポカーンと目の前の人に見とれていた。女、ではないわよね？　だってここには女性はいないはずだし！　アデリシアは混乱しつつも、けれど、これなら大丈夫！　と頭の片隅で安堵した。こんな美人がいるなら男装もうまくいくんじゃないかと、そう思った。

それなのに、目の前の人がじっとアデリシアを見ながら口にした言葉は――――！　アデリシアは狼狽《うろた》えた。まずはその口調にだ。それはまぎれもなく女性が使う口調だったのだ。なのに、声はしっかり太い男のそれ！

「だけど、ランダルとそっくり……って、ことは、あんた、もしかしてランダルの双子の妹なんじゃないの？」

眉を顰めてレナルドが言う。そこでようやくアデリシアは彼女――ではなく彼が言ったことをきちんと理解して顔から血の気が引いた。

バレた。バレてしまった！　それも初《しょ》っ端《ぱな》に！　しかもあっさりと！

家に連れ戻される。いや、その前に家族に恥をかかせてしまう。もしかしたらそれで結婚話がパァに出来るかもしれないが、それ以前に捕まって罰せられるかもしれない。リンゼイにも迷惑をかけてしまう。もちろん、ランダルの就職だってなかったことになるだろう！

悲観的なことが次から次へと頭に浮かんだ。

「なんであんたがそんな恰好をしているの？　ランダルはどうしたの？」

そのレナルドの言葉も口調もアデリシアを咎めるものではなかった。だがパニックになっているアデリシアにはまるで鞭《むち》が飛んできたかのように感じられた。彼女はビクンと肩を揺らした。

ああ、もうダメだ！　そう思ったら目の前が真っ暗になった……真っ暗に……。

「ちょっと、あんた、真っ青よ？」

不意にレナルドの声が遠くなったような気がした。くらりと視界が揺れる。

「ちょ、ちょっと！　こら、ねぇ、ランダルの妹！　しっかりしなさい！」

叱咤する野太い女言葉を聞きながら、アデリシアは目の前が本当に真っ暗になるのを感じた。だが意識を手放す寸前、思ったことはこんなことだった。

ランダルの馬鹿！　私、一言も聞いてないわよ！　副館長があなたや私のことをよく知ってるならそう言っときなさいよ！

――そしてアデリシアはランダルを罵《のの》りながらその場で気絶した。


これでもリンゼイの指導と協力のもと、出勤の日まで必死に特訓したのだ。男の歩き方、座り方、喋り方などを。その甲斐あって、ランダルの下宿先に移り住む頃には、アデリシア自身もびっくりするほど実にランダルに似た男性が出来上がっていた。下宿先の女主人も彼女がランダルでないことにまったく気づかないくらいだ。

だからアデリシアは自信を持っていた。これなら大丈夫だと。なのに――。

しばらくして意識を取り戻したアデリシアは、自分がレナルドの執務室のソファで横になっているのに気付いた。目の前には美人――もとい、女言葉の副館長。

「私……？」

「あんた卒倒《そっとう》したのよ。サラシをきつく巻きすぎたんじゃないの？」

「明らかに原因違うと思います」

反射的にそう突っ込んだ後、ハッと今の状況に気付いて急いで身を起こした。

そうだ……この人にあっさりランダルじゃないことがバレたのだ！

「いきなり飛び起きるんじゃないわよ。また眩暈起こして卒倒するわよ」

「だ、大丈夫です。それより……その……」

言いよどむアデリシアに、腕を組んで彼女を見下ろしていたレナルドが静かに言った。

「さて、どういうことか説明してもらいましょうか」

言い逃れはできそうになかった。アデリシアは身をすくませると観念して洗いざらいぶちまけた。

「それであんたはランダルの代わりをしようとそんな恰好までしたわけね」

「はい……」

「でも、そのまま本をおっかけて行っちゃうのはランダルらしいっちゃ、らしいわ」

「はい……。兄が申し訳ありません」

俯いてそう言ったアデリシアだが、パッと顔を上げてレナルドに懇願した。

「あ、あの……、私はどんな罰を受けてもかまいません、自業自得ですから。でもランダルは……そして、家族はこの件には無関係なんです。リンゼイもです。私のわがままに付き合ってくれただけで！　だから、あの、他の人には累が及ばないようにしてもらえますか！　お願いします！」

そう言ってアデリシアは頭を下げた。元はといえば家族がアデリシアをジェイラントに売ったことが原因とはいえ、彼女はやっぱり家族が大切なのだ。だから自分のせいでみんなに肩身の狭い思いをさせたり、罰せられるなんてことには絶対になって欲しくなかった。

「お願いします！」

「んー……」

レナルドは困ったような顔をして何事かを口の中でつぶやいていた。小さすぎてアデリシアにはよく聞こえなかったが「なにやってんのよ、アイツは……」と言っていたように聞こえた。アデリシアには何のことだか分からなかったが、ランダルのことだろうと、漠然と思った。

やがて大きくため息をついた後、レナルドは言った。

「分かったわ。ランダルとは知り合いだしね……。……えっと、アデリシアだったかしら。あんたはそのままランダルとしてここに勤めなさい」

「え!?」

アデリシアは目を丸くした。アデリシアのしでかしたことを黙っている上に、このままランダルとして仕事をしてもかまわないというのだろうか。

「ただし、ランダルが帰ってくるまでの期間限定よ。帰ってきたら速やかに入れ替わること。そしてアタシ以外の人間には男装がバレないようにすることを条件に、このままあんたをランダルとして雇ってあげるわ」

「ほ、本当ですか！」

「ええ。仕方ないわ、こっちは今人手が足りない状態なのよ。ランダルはあんたも本に造《ぞう》詣《けい》が深いって言ってたから、脳足りんな貴族の息子を入れるよりははるかに役立ちそうだしね。だからせいぜい頑張って働くのよ。もちろん、バレないようにね」

「はい！　ありがとうございます！　頑張ります！」

アデリシアは顔を輝かせてレナルドに言った。

こうしてアデリシアはランダルとして王室図書館に勤められることになったのだった。

そしてあれから一ヵ月経った今も、アデリシアが女性であるということはレナルド以外にはバレておらず、周囲の認識は、背は低くて女顔だけど仕事熱心な青年、といったところのようだ。もしかしたら、おかしいと思っている人間はいるのかもしれないが、誰も面と向かってそんなことは言わない。……というか、前にランダルが言った通りに、司書たちは本以外のもの――新しく入ってきた司書に興味を持たなかった。

――勤め始めて一ヵ月。アデリシアはランダルとして概ね順調に過ごせていた。

入荷した本全てに管理番号を振り、貸し出し用のカードを作成すると、今度はその本を自分が受け持つ棚へと持って行った。アデリシアが担当する棚は一階にまとまっているため、作業していた机から移動させるだけですむ。

レナルドの配慮だろう、女のアデリシアが重い本を持って階段を行き来しないですむように、一階の本棚に置いてある分野の担当にわざわざ据えたのだ。

本全般に造詣が深いレナルドだが、彼が一番好きだと言って憚《はばか》らないのは文学――それもいわゆる恋愛小説だった。この王室図書館の文学の棚で、諸外国から買い集めた恋愛小説がやけに充実しているのは、ひとえにこの人の趣味のせい――というかおかげである。

そして王室図書館の司書としてのアデリシアの担当は文学の棚だった。元々レナルドが担当していた分野だったのだが、アデリシアに譲ってくれたのだ。

アデリシアはレナルドがさっき読みたがっていた本以外を全て棚に収めると、ふっと吹き抜けの天井に視線を向けた。見上げた先にはステンドグラスで飾られた天井があり、そこから漏れる柔らかな光が図書館内部を照らしていた。

――王室図書館。

城のひとつの棟を丸ごと使って作られたこの大きな図書館は国の自慢だ。重厚な建物の中央は開放感のある吹き抜けで、五層になっているそれぞれの内部に整然と棚が並んでいる姿は圧巻の一言だった。図書館自体がひとつの芸術品のようだ。アデリシアは見るたびにうっとりしてしまう。

蔵書も半端なく多い。国内外から買い集められた本が所狭しと並んでいる。だが、王室所有なだけあって一般には公開されておらず、城に勤めている人間か、もしくは城を訪れる貴族しか借りることはできないのだ。アデリシアもいつかは来たいと思っていたが、城を訪れる機会がないためそれは叶わなかった。

だが、不思議な縁で今こうしてこの憧れの場所で働いている。アデリシアは今でも時々夢を見ているんじゃないかと思うことがある。女のアデリシアでは手の届かないはずだった場所にこうしていられるなんて……。

スタンレー侯爵から逃れるために、ひょんなことからここに潜り込んだわけだが、あのことがなければここに来るはずもなかったのだから、その点では侯爵に感謝するべきなのかもしれない。そう思いながらアデリシアは棚には収めなかった本を手に取って、二階にあるレナルドの執務室へ向かった。

「レナルドさん、本持ってきました」

アデリシアが執務室に入った時、レナルドは机に向かって何通もの手紙に目を通していた。おそらく渉外員からだろう。本の購入の為に諸外国に散っている渉外員たちはある程度自分たちの裁量で本を購入することができる。だが、本の値段が高かったり、判断に迷うようなことがあればレナルドにこうして手紙で判断を仰ぐのだ。

普通こういった仕事は館長がやるものだが、アデリシアはまだ一度も館長には会っていない。もちろんいるにはいるのだがまったくのお飾りで、滅多に出勤してこないらしい。だから実質的な責任者は副館長であるレナルドだ。当然彼は本来館長がやるべき仕事まで兼任している。

レナルドが人手が足りないと言ったのは、そうした仕事に時間を取られて棚の管理に手が届かなくなってきたからだった。こっちの仕事に専念できるように、文学の棚を詳しい誰かに委ねたかったので、ランダルに白羽の矢を立てたらしい。

「ありがとう、そこに置いておいてちょうだい」

手紙から顔を上げずにレナルドが言う。アデリシアは執務室の机の端にそっと本を置き、そして真剣なまなざしで手紙に目を通すレナルドにちらと視線を向けて、こっそり勿体無

いと思った。

レナルドは若いが優秀で、本に対する造詣も深かった。ともすれば一人の世界に入りがちな司書たちを上手くまとめる手腕のすごさは、さすが副館長を務めるだけのことはあるとアデリシアも感心と共に尊敬の念を抱いたほどだ。

だが端整な顔立ちといい、伯爵家の嫡男という身分といい、若くして重要な役職にあることといい、普通だったらモテ要素盛りだくさんなのに、その女言葉と異性を感じさせない物腰がすべてを台無しにしていた。当然浮いた話もない。アデリシアに言わせれば非常に残念な人であった。

と、いきなりレナルドが顔を上げてアデリシアを見た。

「そういえばあんたに聞きたいことがあったんだった」

「な、なんでしょうか？」

「あんた、月のものはあるの？」

「……は？」

思いもよらないことを聞かれてアデリシアは唖然《あぜん》とした。

「つ、月のもの？」

「ええ、この本の前作を思い出して気になったのよ。この主人公、出征前に結婚したばかりの夫と契ってたった一夜で妊娠したわけじゃない？」

「え？　そ、それって……」

アデリシアはレナルドの言いたいことが分かって顔を赤くした。要するに妊娠しているのかと聞いているのだ。月のものがなければそれは身ごもっている、ることになるから！

「な、な、なんでそんなこと……！」

真っ赤になって慌てるアデリシアに、レナルドはサラッと言う。

「だって、あんたスタンレー侯爵とヤッちゃったんでしょう？」

「ヤ…!!」

「だからもしやと思って。この一ヵ月あんたがお腹を痛そうにしているのを見たことがなかったから、月のものはきているのかなぁと……」

「き、きてますよ！」

アデリシアは更に真っ赤になって叫んだ。やっぱりこの人はこんな言葉遣いでも男なのだ。こんなことを平気で聞いてくるなんて！

「それに誰もが生活に支障が出るほどお腹痛くなるわけじゃないんです！　私は症状が軽いんですっ」

姉のレフィーネは毎月毎月一週間ずっとぐったりしているが、アデリシアはその月によって鈍痛がないこともあり非常に症状が軽かった。痛みがある時だって生活に支障はない程度である。

「だから、妊娠なんてしてません！　物語じゃないんですから、たった一夜だけでだなんてありえないです」

とはいうものの、絶対ないとは言い切れない。リンゼイの家に世話になっていた時には月のものが来るまで、アデリシアは戦々恐々として過ごしていた。侯爵の予告通りになってしまったらどうしようかと思って。だから月のものがきた時にはホッと安堵の吐息をついたものだ。

「あらそうなの？　妊婦だったら本みたいな重たいものを持たせちゃまずいかと思ったんだけど」

あっけらかんとレナルドは言った。

「してません、してません！」

「ならいいのよ。こっちも気が楽だから」

「もう、何て事を聞くんですか……」

顔を赤くしたままぶつぶつ言うアデリシア。

「そりゃあ、あんたを雇っているからには確認しなきゃならないでしょう。……さ、聞きたいことはそれだけよ。仕事に戻りなさいな。あ、午後は返却されてない本を回収しに行ってね」

「はぁい。分かりました」

アデリシアはやや拗《す》ねたように返事をすると、まだ赤みの引かない頬を押さえながら執務室を出て行った。その後ろ姿を見送った後、アデリシアが消えた扉を見つめたままレナルドはつぶやいた。

「素直でいい子なのにねぇ。なんであんな腹黒に目をつけられちゃったのかしら。気の毒に」

「腹黒とは失礼ですね」

そのつぶやきに応える声があった。レナルドが視線を向けると、執務室のバルコニーから、ガラス戸を開けて中に入ってこようとしている一人の青年の姿があった。

黒く艶やかな髪を青いリボンで束ね、翠の瞳に笑いを滲ませたその男性は――ジェイラント・マフィーネ・スタンレー侯爵、その人だった。

5　月の貴公子

ジェイラントは彼に憧れる数多《あまた》の女性に〝月の貴公子〟と呼ばれている。

夜を束ねたような黒い髪に森を思わせる深い翠色の瞳。佳麗な顔立ちには常に柔らかな笑みが湛えられ、それは月の光のように慈悲深くもあり、他人を拒絶するようでもある。手が届きそうなのに届かない月のような麗人。そう言われていた。

それでも数年前までは群がる女性を適当に相手をしていたようだが、今では全く見向きもしなくなったため、ますます月のようにつれないと評判になっている。そんな態度がますます女性を惹きつけてやまないのだが、当のジェイラントはどこ吹く風だ。

バルコニーからレナルドの執務室に入ってきたジェイラントは笑みを浮かべながら言った。

「腹黒ではなく、一途と言って欲しいですね、ルド。私は純粋に彼女を想っているからこそ、彼女を得ようといろいろ手を尽くしているだけ。これでも必死なんですよ」

「そのやり方が腹黒いって言ってんのよ。それに何が必死なんだか。一生懸命逃げようと足掻いているあの子を、その胡散臭《うさんくさ》い笑顔で高みから見下ろしているだけじゃないの」

顔を顰めながらレナルドは言った。アデリシアは、このジェイラントから逃れるために男装という手段まで使ってここに逃げ込んできたわけだが、実は反対にジェイラントの手の内に入ったも同然なのだ。まだリンゼイ・ベイントンに匿われていた方が安全だっただろうに。

「知らないまああんたの手の内で踊らされて、どんどん逃げ場を失って、可哀相に」

だが同情するレナルドをジェイラントは笑って一蹴した。

「その一端を負っているルドには言われたくないですね。それに、私にこの手段を取らせたのはつれなかった彼女ですよ。もう少し正攻法で付け入る隙を与えてくれたら別のやり方があったんですが……」

そこまで言ってジェイラントはくすりと笑う。柔らかな笑みだが、レナルドには悪魔の笑みにしか見えなかった。

「その場合はもうとっくにアデリシアは私のものだったんですけどね。子供の一人二人くらいできていたかもしれない」

「子供っていえば、どうやらあの子妊娠はしてないみたいよ。初日に気絶したから疑ってたけど、あの反応は嘘をついているとは思えないし……」

「ええ、聞いていました。どうやら仕込み損ねたようですね、残念です」

真面目な顔をしてそんなことを言う幼馴染みに、レナルドは絶句した。

「仕込みって、あんた……」

「私はそのつもりで抱きましたから。それが一番手っ取り早かったんです」

こともなげにそんな発言をするジェイラントにレナルドは今度は顔を引きつらせた。

「この変態！　アタシ、なんであんたと友達なんてやってんのかしら。大体、なんでアタシがあの子に妊娠のことについて尋ねなきゃならないのよ！　自分で聞きなさいよね！」

「私が聞いても彼女が素直に答えるとは思えない」

「そりゃ、答えるわけないわよ！　あんただけには言いたくないでしょうよ！」

「だからルドに聞いてもらったんですよ。残念なことにハズレだったようですけど。次は頑張りますか」

「あんたね……」

にこやかな笑みを浮かべる友人に、レナルドは片手で自分の顔を覆った。

月の貴公子と呼ばれて、女性に絶大な人気を誇る男の本性はこんなものだ。柔和な笑みを浮かべながら腹の中では何を考えているのか分からない……いや、真っ黒なことを考えているに決まっている。貴公子然としながら裏では策略をめぐらし相手を追い込んでいくのだ。不幸なことにレナルドは彼とは幼馴染みで、そんな彼の性質を余すところなく知っていた。だからジェイラントに目をつけられてしまったアデリシアが気の毒でならない。

アデリシアがランダルとして出勤してきた初日、この男にそのことを告げてしまったのをレナルドは後悔していた。


「ジェイラント、あんたの子猫ちゃんがアタシの職場に潜りこんできたわよ！」

アデリシアをランダルとして雇うと決めた後、レナルドは城の政務室で仕事をしていたジェイラントのもとへ行きそう告げた。

彼がアデリシアを雇うと決めたのは、本人に告げた理由の他に、彼女が幼馴染みの想い人だと知っていたからだった。彼女を手に入れようとジェイラントがいろいろ裏で手を回しているのを知っていたレナルドは、友人のために多少協力しようと思ったのだ。

「おやおや。相変わらず面白いことをしてくれる子ですね」

その話を聞いたジェイラントは嬉しそうに笑った。

「でもあっちこっち逃げ回られるより、君のところで大人しくしてくれている方が都合がいい。それにリンゼイ・ベイントンの庇護《ひご》から抜け出てくれたのも好都合だ。ルド、こちらの準備が整うまでしばらくアデリシアの面倒を見てもらえますか？」

「……相変わらず腹黒いわね。本人のいないところで外堀埋めようとしてるなんて」

「あれこれ計画する時間だけはたっぷりありましたからね。いったい何年待ったと思ってるんです？　三年です。社交界デビューの前ならまだしも、その後の二年もの間、付け入る隙を与えてくれなかった彼女が悪い。私が多少強引な手を使っても仕方ないでしょう？」

肩をすくめた友人は、更にこんなことを言った。

「でも正直助かりました。リンゼイ・ベイントンの守りが案外堅くて、あそこから連れ出すのは容易じゃないと思っていましたから。アデリシアが自ら飛び出してくれたのなら都合がいい」

「……まさか、ランダルのことまで画策したわけじゃないわよね？」

「私をどれだけ策謀家だと思ってるんですか、そこまで画策できるわけないでしょう。ランダルのことは偶然です、私にとっては幸運な。……もっともそうならなくても、彼を通じてアデリシアをあそこから出そうと思っていたのですが」

「……ちなみに、もしベイントン邸からあの子が出ようとしなかったらどうしてたの？」

つい尋ねてしまうレナルド。だが、答えを聞いた直後、尋ねなければよかったと後悔した。

「あそこから拉致しようかと思ってました。攫って結婚するまで私の寝室に閉じ込めてしまおうかと」

「……あんたねぇ」

「結婚式を行うまでには高確率で孕《はら》んでいるとは思いますが、それはそれで単に時期が早まっただけのことなので問題はありません」

「問題大アリよ！」

　前々から危ない奴だとは思っていたが、ジェイラントのアデリシア・マーチンに対しての執着はちょっと異常だ。

「相手にも意思ってもんがあるでしょうが！」

「アデリシアが本当にその気がないのなら私だってこんなことはしません。でもそうじゃない。ずっと傍にいさせてもらえるなら必ずその心も手に入れてみせます。けれど傍に近寄る手段がなかった。だからこそこんな手段を取ったんです」

　そこまで言ってジェイラントはにっこりと笑った。

「ねぇ、ルド。いきなり攫って監禁するという手段を取らなかっただけ、マシだと思いませんか？　何度かそうしようと思ったことがあるんですよ。彼女はよく図書館に一人で行っていましたから。いくらでも攫う機会はあるので、その誘惑に負けそうになることもあって……まぁ、何とか思いとどまりましたけど」

　レナルドは顔を引きつらせた。やる。こいつはいざとなったらそんな手段も取るだろう。何しろ本人はこれでも穏便な方法を用いているつもりなのだから。

「私にそんな手段を取らせないためにも、アデリシアのことは頼みましたよ、ルド」

微笑む悪魔にレナルドは、とんだことに関わってしまったわと思いながら、渋々頷いたのだった。

「大体ね、あんたの昔の素行が悪いからあの子に信じてもらえないし、応えてもらえないんじゃないの」

レナルドは咎めるような口調でジェイラントに言った。

『侯爵様は今でこそ私のことを珍しがって追いかけてますけど、きっとすぐに飽きるに決まってます』

そうアデリシアは言っていた。レナルドは「それはあり得ない。アイツが三年間も片思いだった相手にそう簡単に飽きるもんですか、一生執着し続けるんじゃない？」と言いたくてたまらなかったが、彼女がそんな風に危惧する気持ちもわかるのだ。

ジェイラントは女を惹きつける。

昔はもちろん今もそうだ。ジェイラント自身が女性を遠ざけようとしても群がってくる。女が放っておかないのだ。アデリシアが不安に思うのも無理はない。

ジェイラントはレナルドの言葉に、いつもの柔和な笑顔を消して真面目な表情になった。

「アデリシアを見初めた時から一切そういうことはないんですけどね。……それでも過去は消えてはくれません。だから私に出来るのは、これからはただ一人だけだと誠心誠意彼女に示し続けることだけです。……そのチャンスが欲しいんですよ、ルド」

「……分かってるわよ。だから協力してるんでしょうが。で、例の準備とやらはどうなの？」

「着々と進んでます。もうじき完了するでしょう。だからアデリシアが私のことを忘れないようにそろそろ動きだそうと思ってます」

楽しげに目を煌めかせながらジェイラントは言った。

「ランダルの姿のアデリシアを愛でるのが楽しみです」


王室図書館司書の仕事のひとつには貸し出した本の回収作業がある。

貸し出す時は基本、図書館内で手続きをするが、城で働く人は忙しく、つい借りっ放しにしたままということも多い。だから時々本人のもとへ出向いて本を回収して回るのだ。わざわざ図書館まで返しに行く必要もないので、司書が回収しに来るのを待っている人も多い。おかげで図書館の外に出るたび、あれもこれもと回収予定ではない本まで抱えて持って帰ってくるハメになるのだった。

特にアデリシアが受け持つ文学の棚ではそれが顕著だった。先輩司書たちが受け持つ専門分野の本は、仕事に必要なために貸し出されることが多い。次の資料を借りる時に前のをついでに返してくれるので、そんなに頻繁に回収作業をしなくてすむ。元々専門分野すぎて借りる人間も多くないのだ。

だが、アデリシアの担当分野は違う。城内は娯楽が少ないので意外に借りに来る人間が多い。当然人気作はあっという間に借りられてしまうし、貸し出し予約も入るので回収作業は必須だ。もちろん、相手が仕事中に回収するわけにはいかないので、行くところは兵士や侍従たち、侍女や女官の詰め所。食堂などである。

そうしてみて初めて知ったことがある。嬉しいことに、本を読む女性は意外と多かったのだ。侍女や女官たちが空き時間や待機時間の暇つぶしに借りていく。レナルドの趣味で恋愛小説が多いことも理由のひとつだろう。

その中には借りていく本の趣味がアデリシアと合いそうな人も何人かいて、うれしくなってしまう。ただ、惜しむらくは男装をしているアデリシアではその女性たちと盛り上がれないということだ。ランダルとして交じれないこともないだろうが、ボロが出てしまうことが恐ろしく、楽しそうに本を借りていく女性たちを遠巻きに見つめるのであった。

今日もアデリシアが回収作業に図書館の外に出ると、あちこちから声が掛かる。

「あ、ランダル、これもついでに返しておいてくれ」

と顔見知りの騎士が冒険小説をアデリシアに手渡す。

「司書さん、借りっ放しでゴメンなさいね！　これ持って行って」

と女官の詰め所で綺麗な女性に渡されたのは大人向けの恋愛物語だった。

「あー、これもついでによろしく！」

なぜかたまにアデリシアの担当ではない、別の分野の本も渡されることもある。

そんなこんなでアデリシアの手にしている籠はすぐにいっぱいになった。本は一冊でも意外に重さがあり、それが何冊ともなるとかなりの重量になる。

「よいっしょ……っと……」

両手で籠の取っ手を持ち上げながら図書館に向かって城の廊下をヨタヨタと歩く。男に化けている身としてはさっそうと持ち帰りたいところだが、いくらランダルの姿をしていようが、非力なのには変わりない。この一ヵ月でけっこう筋肉はついたと思うが……それでもやっぱり本は重かった。

少し休もうと思い、籠を地面に下ろす。ところが最後の最後で力が抜け、そっと下ろすつもりが、途中で取り落としてしまう。落ちた衝撃で上の方にあった本が何冊かバサバサと籠からすべり落ちてしまった。

「あっ」

その中の一冊はさっき財務省の人に渡された、アデリシアの担当分野ではない本だった。

アデリシアが扱うのはいわゆる大衆小説なので比較的手に入りやすくストックも何冊かあるが、他の司書たちが受け持っている棚は専門分野なので、高価で貴重な本が多い。傷ついたりしたら大事《おおごと》だ！

アデリシアは床に屈みこむと、まずはその一冊を床から拾い上げた。表紙・裏表紙・背表紙と本をひっくり返してじっと確認する。どうやら傷ついてはいないようだ。ホッとして胸に抱えると、残りの本を拾い集めていく。

その時、ふと誰かが隣に立ったような気配がした。

「大変そうですね。運ぶのを手伝いましょう」

そう声が降ってきて、片手で籠を抱えたと思ったらヒョイッと持ち上げられた。アデリシアが両手でようやく持ち上げられるものを片手であっさりと、だ。

「あ、ありがとうございます」

お礼を言いながら見上げたアデリシアは、その場で固まった。……心臓が一瞬、鼓動を打つのを止めたように感じられた。

アデリシアを見下ろしていたのは、彼女の見知った人だった。誰よりも会いたくなかった人、アデリシアに夜這いをかけ、彼女の純潔を奪った人——ジェイラント・スタンレー侯爵。

あの夜会での煌びやかな服装ではなく、シンプルな濃紺の上着を羽織っているが、それでもその美貌と、人を惹きつける雰囲気は隠しようもない。秀麗な顔に浮かぶ穏やかな笑みに一瞬見とれ、だがその次の瞬間ハッと我に返ってアデリシアは青ざめた。なんで侯爵がこんな所に！

　もちろん、侯爵がこの城にいてもおかしくはない。彼は政務官として勤めているからだ。宰相の補佐として辣腕を振るっているらしい。けれど、宰相の執務室も、政務官室も、アデリシアの職場とはだいぶ離れた場所にあった。政治を担う彼らの部屋は城の中心部にあるし、反対にアデリシアが働く王室図書館は城の外れにあるからだ。だから、この人に城で出会う確率は少ないと思って安心していた。なのに……！

　アデリシアは今男装している。幸いレナルド以外の人間にはバレていないが、この人にバレないという保証はない。何しろ高い靴で身長をかさ上げして髪を多少切ったとはいえ、顔はそのままアデリシアなのだから。

　しゃがみ込んだまま引きつった顔でジェイラントを見上げながら、アデリシアは必死に言葉を探していた。何か、何か言わないと……ここにいるのはベイントン邸にいるはずのアデリシアではなくその双子のランダルなのだと思わせる言葉を！

　けれどその言葉を思いつく前に、ジェイラントが微笑みながら放った内容に、アデリシアは更に仰天することとなった。

「久しぶりですね、ランダル。司書の仕事はどうですか？」

　――その言葉は明らかにランダルと旧知であるということを示していた。

「もっと早くに君の様子を見に来るつもりだったのですが、あいにくと政務が忙しくて、

こんなに遅くなってしまいました。すみません。けれど、その様子だとうまくいっている
ようですね……安心しました」

目を細めて嬉しそうな様子を見せる侯爵に、アデリシアは混乱していた。

え？　え？　え？　ランダルと侯爵は知り合いなの!?　それもこの様子だとただの顔見知り程度ではないくらい――。アデリシアは心の中で絶叫した。

き、聞いてないわよ、私ーーーー!!

ランダルの口からスタンレー侯爵と知り合いだなんてことは今まで一度も出てこなかったはずだ。賭けてもいい。ランダルが彼に関することで言ったのはたったひとつのことだけ。『スタンレー侯爵家の蔵書はすごいらしいよ』と、これだけだった。それも一年も前のことである。けれどアデリシアは侯爵に関することなんて聞きたくなかったから『そうなの』と言うだけで、その事について深く尋ねることはなかった。

けれど今になって思う。もしかしてその蔵書のことは人づてではなくて、スタンレー侯爵本人から聞いたのではないかと。そうでなければ、この親しさは考えられない。

アデリシアの顔と背中に冷や汗が滲んだ。もし知り合いなら、レナルドのように自分がランダルではないことを見破ってしまうかもしれない。

「はい」

いきなり目の前に侯爵の手が差し出される。そこでようやく、今の自分が床にしゃがみ

込んだ状態で、拾い集めた本を胸に抱えているということを思い出した。どうやら引き上げてくれようとしているらしい。

どんな状況であれスタンレー侯爵には触れて欲しくないアデリシアだが、ここに居るのはアデリシアではなくてランダルだ。しかも旧知の仲らしい。変に断ってしまうと反対に疑われてしまうかもしれない。

そう思ったアデリシアは片手で本をしっかり抱え、もう片方の手をスタンレー侯爵の掌に乗せた。あの夜もそうだったが、彼の手の体温はどうやらアデリシアより低いらしい。少々ひんやりとした感触が伝わってきた。アデリシアよりもずいぶん大きい、やや骨ばった男の手だった。その手に力が入り、アデリシアをぐいっと引き上げる。ふっとどこかでかいだことのある香りが鼻腔をくすぐった。

「あ、りがとうございます」

立ち上がったアデリシアは低い声でお礼を言った。片手であの重たい籠を持ち、さらにもう片方の手でアデリシアを引き上げた彼には、その細身の外見からは想像できないほどの力強さを感じた。

……あの時も、ベッドに押さえつけられて身動きがとれなかった。

『貴女は何も悪くない。悪いのは私だ。女は男に力では敵わない。そうでしょう？　貴女は私に夜這いされ、どうしようもなかったんです』

不意に耳元で囁かれた言葉がよぎる。それと同時に、ジェイラントが纏う麝香のような香りに、忘れようとしていたあの夜のことが脳裏に蘇ってお腹の奥がずくんと疼いた。ぶるっと震えが走る。なぜ思い出してしまったのだろう――必死で忘れようとしていたのに！

「ランダル？」

動きを止めたアデリシアを怪訝そうに見る侯爵。アデリシアはハッとして、その記憶を無理矢理追い払うと身体の奥深くに灯ったものに気づかないふりをしながら、侯爵を見上げた。

「いえ、何でもありません、ありがとうございます……侯爵様」

「侯爵だなんて他人行儀な。私たちの仲でそんな遠慮をする必要はありません。名前で呼んで欲しいといつも言っているでしょう？」

その言葉にアデリシアは仰天した。私たちの仲!? いつも名前で呼んで欲しいと言っている!?

……何よ、それは！　一体、どうなってるの！

どうやら彼の目の前にいるランダルがアデリシアだということはバレてないようだが……今度は二人の仲がどうなのかが気になった。この言動を見る限り、やけに親しいようだが……。

「さあ、名前で呼んで下さい」

侯爵は笑顔で促してくる。どうしようとうろたえるものの、疑われないためにも従うしかない。アデリシアはごくりと唾を飲み込んだ。

「は、はい……ジェイラント様」

「うーん、様はいらないのですが……まぁ、今はいいでしょう。さて、ではこの本を図書館に持って行きましょう。道すがら、君が司書として何をやっているのか話してくださ い」

「え、え？　い、いいですよ、重たいし、その、僕の仕事ですから！」

一緒に図書館まで、しかも道中話しながらなんて冗談ではない！　けれど、ジェイラントは首を振った。

「これは君には重たいですよ。私は平気ですから、さぁ、行きましょう」

そして何と片手をアデリシアの肩に回すと、ジェイラントは半ば強引に歩き出してしまう。

「え、ちょ、侯爵様！」

「だからジェイラントですよ、ランダル」

「ジ、ジェイラント様！　あの、肩、肩に……」

「気にする必要もないでしょう。君と隣りあわせで歩くときはいつもこうだったし」

男二人が歩くときに肩を抱いて？　それは普通のことだろうか。

混乱しながら、けれど侯爵に促されて仕方なくアデリシアは歩きはじめる。だが、肩に置かれた手が気になって仕方ない。シャツ越しにその手の感触が直接伝わってくるからだ。さっき思い出したあの夜の記憶のせいだろうか、そんなちょっとした感触にもお腹の奥がざわついた。

おかげでジェイラントに司書の仕事について尋ねられても気もそぞろだ。「はぁ」とか「そうですね」などという言葉しか出てこない。けれどそんなアデリシアにはお構いなしにジェイラントは話を進める。彼はランダルのことをよく分かっているらしい。

……この親しさは、一体何？

状況がさっぱり分からなかった。けれど不幸中の幸いで、あたりに人の気配はない。こんな怪しい場面を見られて人の噂に上るのだけは何とか避けたかった。

けれど廊下の前ばかりを気にして歩くアデリシアは知らなかった。彼女らの後ろで偶然廊下を曲がってきた男が、肩を抱いて親しげに話しかけているスタンレー侯爵を見て驚いて足を止めていたことを。

「あれは……ジェイラント・スタンレー？　あいつが肩を抱いているのは……」

アデリシアの後ろ姿を見る男の目が妖しく光る。

「ふうーん……面白いね。実に面白い」

そう男がつぶやいたことをアデリシアやジェイラントは知るよしもなかった。

6　男色の噂と太陽の貴公子

「レナルドさん、ちょっと聞きたいことがあるんですけど……」

朝一番の仕分けの仕事を終えた後、アデリシアはレナルドの執務室を訪れた。レナルドはいつものように自分の席に腰かけていた。渉外員からの手紙を読んでいるのかと思いきや、この前アデリシアの管理している本棚から持って来た本を読んでいるらしい。

「なーに？」

と言いつつ、本から視線を外さない。

「あの、ちょっと変なことを聞くんですが。……スタンレー侯爵って男色の気があったりしますか？　そんな噂聞いたことあります？」

「……はぁ？」

顔を上げてあんぐりと口を開けるレナルド。

「あいつ……いや、スタンレー侯爵が男色？　どこからそんな話が湧いたのよ？」

ありえないとレナルドの表情が語っていた。それを見てやっぱり気のせいなのだろうかと思いつつ、アデリシアは言った。

「あの、城内で侯爵に会ったんです。彼、ランダルの知り合いらしくて、声を掛けてきて。それで……その、侯爵の言動が何か妖しいんです！」

あれから何度かジェイラントに声を掛けられた。政務室からだいぶ離れた、なんでこんな所にいるの？　という場所でもだ。そして彼は必ず――

「私に触ってきて、そしてなんだかやたらと思わせぶりなことを言うんです！」

肩を抱く、頭を撫でる、腰に手を回す――と、とにかく話をしている間中、どこか必ずアデリシアに触れてくるのだ。おまけに『私と君の仲じゃないですか、遠慮はいりません』とか『私たちはもう他人ではないのですからね』とか意味深なことを、蕩《とろ》けるような笑顔を向けて言うのである。これはどう考えてもただの友人に対する態度ではない。

だからもしかして侯爵はあっちの気《け》があるのかと思ったのだ。そしてその相手は……いやいや考えたくもない。自分の双子の兄だなんて！

「って、何笑っているんですか！」

ふと気がつくとレナルドが口元を押さえてぷるぷると震えていた。

「だって、あんた、可笑しくて！　プププっ！　そんな噂、聞いたことないわ！　だいたい、あんた忘れたの？　夜這いされてヤられちゃったんでしょう？　男色だったらあり得ないでしょうが」

「そ、それは……」

確かにそうである。女のアデリシアをジェイラントは抱いたのだ。

「でもだったらなんであんなに変な感じで触ってくるんですか……？　それとも男同士であんなにベタベタするのは普通なんですか？」

そこまで言ってアデリシアはハッと気づいて青ざめた。

「ま、さか、侯爵って男も女もいけるという人種ですか？」

アデリシアは実際に見たことはないが、まれに小説に出てくるのだ。男にも女にも手を出す無節操な人が。だがそれを聞いたレナルドは盛大に笑いながら今度はバンバン机を叩きはじめた。

「アハハハハっ！　あー、おかしい！　傑作よ、傑作！　あんたって面白い子ねぇ！」

「え、面白いって……私は真剣なんですけど！」

もし男も歓迎な人種なら自分だけじゃなく、ランダルにも近づけちゃならないと思う。

……もっともマリエラからの手紙によると、ジェイラントは最近、マーチン伯爵家には姿を現さなくなったそうだから、アデリシアのことは諦めたのかもしれない……。リンゼイの所にも音沙汰《おとさた》なしだそうだし。……けれどなぜかそう考えると、胸の奥が疼いた。

――ほら、思った通りじゃない。もう私に飽きたのよ。これであの人に煩わされることもなくなるわ。

そう思うのに、なぜか心は晴れなかった。

「君、君、ちょっと聞きたいことがあるんだが――」

アデリシアがその男に声を掛けられたのは梯子に登って返却された本を棚に戻しているときだった。視線を下ろしたアデリシアは、そこに煌くような美貌の主を見つけてビックリした。

ジェイラントではない。ジェイラントもたいそうな美形っぷりだが、そこにいたのは彼とまるで正反対の美しさを持つ男性だった。光の人。イメージとしてはそんなところだろうか。ほの暗い図書館の中にあっても光り輝いているように見えた。

黄金色の巻き毛。高い鼻梁と長い睫毛に縁取られているのは、晴れた青空のように明るい青い瞳。背は高く、がっしりとしていながら引き締まり、その均整の取れた身体をアイボリーの上着と白いズボンが包んでいた。瞳に合わせたのか青いクラバットがその白さの中のアクセントになっているようだ。

ほんの一瞬だけ目を奪われ――というよりは白さに目がくらみ、目をパチパチ瞬かせてからアデリシアは応じた。

「はい、何でしょうか？」

その人はアデリシアの頭のてっぺんから足の先まで、じろじろと値踏みするような視線で見つめてからひとつ頷いた。

「とりあえずは下りてはもらえないだろうか。見下ろされるのは好きじゃないんだ」

「あ、はい。分かりました」

だったら梯子を下りたときに声をかければいいものを、と思わないではないが、貴族にはこうした人も多いのでいちいち気に留めてなどいられない。アデリシアは梯子をすたた下りると改めて相手を見上げた。こうして同じ位置に立つと、彼の背がずいぶん高いことが分かる。ジェイラントと同じくらいか、もしくは彼より若干高いかもしれない。

「何かお探しですか？」

「君に聞きたいことがあってね」

「はい？」

「君はジェイラント・スタンレー侯爵とはどういう関係かね？」

「……は？」

アデリシアは思いもかけないことを言われてポカーンと口を開けた。見ず知らずの人からなぜジェイラントとの関係を問われるのだろうか。

「あの……関係とは……？」

「うむ、友人関係なのか、それとも恋人同士なのか」

「ただの顔見知りです！」

なにこの人!?　と思いながらアデリシアは答えた。友人関係なら分かるが、なぜここに『恋人同士』などという単語が出てくるのだろうか。しかもランダルの姿である自分《おとこ》に？

まさか、女であることを知って……。いや、ジェイラントが本当に男色の気があるならおかしくはないかも……。肝を冷やすアデリシアを尻目に、その男性は彼女の答えを聞いて嬉しそうに微笑んだ。

「そうか、そうか、ただの顔見知りか」

「そ、それが何か……？」

「いや、この間君とスタンレー侯爵が二人でいるのを見かけてね、妙に親しいから興味を持ったんだ……君に」

そう言いながら、なぜかアデリシアの手を取る目の前の人。

なにこの人!?　と心の中で再び叫びながら、アデリシアは慌てて手を引き抜いて一歩下がった。

「あ、あの、あなたは一体……」

「ああ、これは失礼した。私はエドゥアルト・ベルトラム・フォルトナーだ」

フォルトナー。その名前には聞き覚えがあった。確か侯爵家の家名ではなかっただろうか。比較的数の多い伯爵位と違って公爵、そして侯爵はごく少数だ。社交界とはとんと縁のないアデリシアでも貴族の基礎知識として侯爵の名前くらいは覚えていた。

「フォルトナー……侯爵様。一体、僕に何かご用でしょうか……?」

「ぜひ君と知り合いになりたいと思ってね」

そう言いつつ、フォルトナー侯爵は人好きのする笑顔を見せる。

どうやらランダルの知り合いでも女だとバレたわけでもなさそうだが……だが、なぜこんな高位の貴族が図書館の司書をしている伯爵家の次男坊と知り合いになりたいと思うのか分からない。アデリシアは、ますます戸惑いながら尋ねた。

「ええと、なぜかお聞きしてもいいでしょうか……?」

「もちろん、君が可愛いからさ」

フォルトナー侯爵はにっこり笑った。

その笑顔はまるで太陽のように華やかで、きらきらと光って見えた。この笑顔でそんな事を言われたら、女性は間違いなく夢中になるだろう。だがアデリシアは違った。彼女はここ一ヵ月半も慎重に慎重を重ねて男として振る舞ってきた。特に他人と相対している時には自分がランダルとしてここにいることを忘れた事はない。だからこの時も見とれることなく思ったのはたったひとつのこと。

男に対して可愛いと言った！　ということであった。アデリシアは顔を引きつらせた。

「僕……は、男なんですが……」

「もちろん分かっているさ。君は怒るかもしれないが、可愛いというのは私からの最大の賛辞なんだよ？」

ナニソレ？　アデリシアはますます不審げに眉を寄せた。彼女は男ではないが、それでも普通男性が可愛いと言われて喜ぶわけがないということは分かる。ランダルだっていつも飄々《ひょうひょう》としていながら、自分の女顔については苦々しく思っていることを双子であるアデリシアは知っていた。だから彼なら決してこんなことを言われて喜ぶわけはない。

「褒めてくださるのは有り難いことですが、自分は女性ではないので、やはり可愛いと言われるのは……」

だが、相手はますます破顔した。

「私は男だとか女だとかは気にしないよ。可愛いと思えばそう言うし、美しいと思うものには素直に賛辞を贈るのが信条だ」

そう言ってフォルトナー侯爵は再びアデリシアの手を取った。だが……なぜかその瞬間に背筋にゾッと悪寒が走った。ジェイラントに触れられた時もゾクッとしたような疼きが走ることはあるが――これは何か違う気がした。

「君に会えてよかった。これからも時々声をかけさせてもらうよ。本のこともいろいろ聞きたいからね」

フォルトナー侯爵が笑顔でそう言い残して去っていった後に、たまたまその場面を見ていたのだろう、普段は滅多に話しかけてこない先輩司書がアデリシアの近くに来てこう言った。

「フォルトナー侯爵には気をつけた方がいいよ。特に君みたいな人はね」

「え？」

「彼は男色家だという話だ」

「――――え!?」

「特に君みたいな線の細い、女性のような綺麗な顔の青年に目がないらしい」

「え、ええ!?」

アデリシアが目を剝いていると、その先輩はフォルトナー侯爵が去った方をちらりと見ながら更に言った。

「君は目を付けられたんだよ。あの人はこの図書館には滅多に来ない人だから……君に会いにわざわざここまで出向いたんだよ。この意味わかるだろう？」

……どうりで手を触れられてゾッとしたわけである。あれは獲物として狙われていたことへの本能的な警戒反応だったに違いない。

「君にその気がなければ、近づかないようにした方がいいよ。じゃあ」

そう言って先輩司書は自分の持ち場に戻っていった。

残されたアデリシアは呆然としていた。スタンレー侯爵だけでも持て余していたのに、今度は未確認とはいえその手の噂がある本物に目をつけられてしまったかもしれないのだ。

「近づかないようにって……あっちから近づいてくる場合はどうすれば……？」

アデリシアは頭を抱えた。

「エドゥアルト・フォルトナー侯爵。あの方はあの派手な容姿から〝太陽の貴公子〟と呼ばれていて、スタンレー侯爵、つまり〝月の貴公子〟と並んで大変女性に人気があった方なのよ。財務省の副長官をしていてね」

「はぁ……」

アデリシアは本の回収作業の為に訪れた侍女の詰め所で椅子に座り、居心地悪そうに身動ぎをした。そんな彼女を囲んでいる休憩中の侍女たちは、口々に聞かれもしないことをペラペラと話す。

「でもね、三、四年前だったかしら。当時付き合っていた伯爵令嬢と別れてから、ああなっちゃったのよね」

「その伯爵令嬢、確かさっさと隣国の公爵に見初められて結婚しちゃったんじゃなかったかしら」

「ええ、そう。侯爵と別れてわりとすぐのことだったと思うわ」

「はぁ、そうなんですか……」

アデリシアは気のない口調で相槌を打った。そんな彼女にはお構いなしに侍女たちは飛び込んできた恰好の話のタネに楽しそうに食らい付いていく。

フォルトナー侯爵の名前を出したとたんにこうなってしまったのだ。アデリシアは後悔していた。これならレナルドに確認した方がよかったかもしれない。だけど、レナルドにはジェイラントの疑惑のことで一蹴されてしまったので、今回は別の人に噂を確認してからと思ったのだ。そうした女性のおしゃべりがどういうものであるのか分かっているアデリシアだったが、いささか辟易していた。だが、とある侍女が口にした言葉にピクリと眉を顰めた。

「私が聞いた別れの理由は、フォルトナー侯爵の想い人だったその伯爵令嬢に別に好きな人ができたからだって話だったわ。でね、それが何と月の貴公子ことジェイラント・スタンレー侯爵だったとか！」

「ええ、そうなの？　でもそういえば、フォルトナー侯爵はスタンレー侯爵がいるパーティには姿を現さないという話を聞いたことがあるわ」

「その確執の元がその伯爵令嬢だという話よ」

——スタンレー侯爵。その名前にアデリシアの胸にもやもやしたものが生まれた。あの人は……また……。

「でもわたし、伯爵令嬢がスタンレー侯爵のお相手になったなんて話は聞いたことがないわ」

「ええ、それにフォルトナー侯爵と別れてすぐにあの令嬢はお嫁に行かれたのだから、スタンレー侯爵は関係ないのではないかしら」

別の侍女が言い出したことに、なぜかアデリシアはホッと安堵の吐息をついた。そしてそんな自分にびっくりした。別にジェイラントがどうしようが自分には関係ないのに。

「でも、フォルトナー侯爵がスタンレー侯爵をライバル視しているのは確かね。スタンレー侯爵の方はそれほど意識しているようには見受けられないけど、フォルトナー侯爵の方はねぇ」

そう言って侍女の中では古参の女性がひそやかに笑った。

「女性の人気を二分していたスタンレー侯爵が気に食わなかったみたい。男性との噂が出始める前もそうだし、今もそれは変わらないらしいわ」

最初アデリシアに声を掛けてきたときも、フォルトナー侯爵はしきりにスタンレー侯爵の事を気にするような発言をしていたのを思い出した。それどころかアデリシア——いやランダルに声をかけたのもジェイラントと一緒にいる場面を見て親しそうだったからというようなことを言っていた。

どうやらアデリシアはジェイラントのせいでフォルトナー侯爵に目を付けられたらしい。

彼が声を掛けてくるのも何かジェイラントの動きに思うところがあってのことに違いない。
またあの人のせいか……。アデリシアはげんなりした。どうやらとことんジェイラント
はアデリシアを祟るようにできているらしかった。
そして間の悪いことは重なるものだ。
侍女の詰め所から出たアデリシアが、回収した本の籠を手に図書館へ戻るために中庭に
出た時だった。
「ジェイラント様ぁ！」
甘ったるい女性の声が聞こえて、アデリシアは弾かれたようにそちらに顔を向けた。す
ると中庭をはさんだ回廊の向こう側に、ジェイラント・スタンレー侯爵と鮮やかな緋色の
ドレスを纏った黒い巻き毛の美女の姿が目に入ってきた。はたとアデリシアの足が止まっ
た。
「あの女性は……」
アデリシアは彼女を知っていた。なぜならあの例の夜這い当日に開かれたレフィーネの
誕生パーティにあの女性も来ていたからだ。
――アリーサ・ヘンドリー侯爵令嬢。それが彼女の名前だった。
「ジェイラント様、聞いて下さいませ。わたくし――」
その先の言葉はよく聞こえなかったが、アデリシアの目にはアリーサが一方的に話しか

けているように見えた。上半身だけ振り向いた姿のジェイラントに、アリーサが迫らんばかりの姿勢になっていることからしてそれは明らかだった。なぜかアデリシアの胸の中に再びもやもやしたものが生まれた。

関係ない。彼がどうしようが。……何をしようが。

そう思うものの、目の前の光景が妙に不快に感じられた。見たくなかった。アデリシアはキュッと口を結ぶと踵を返そうとした。別の道を通って図書館に帰るつもりだった。ところが、顔を背けようとした瞬間になぜかジェイラントと目が合ってしまったのだ。

やんわりと失礼にならない程度にアリーサの応対をしていたジェイラントの顔が、アデリシアを認めて破顔した。その瞬間、アデリシアは嫌な予感に襲われた。急に作り笑いではない本物の笑顔になったジェイラントに、アリーサがハッと息を飲んだのがわかったからだ。

「友人と約束があるので、失礼します」

喜色を顔にのせたままジェイラントはアリーサにそう言うと、引き止める隙も与えずにアデリシアの方に向かって歩いてくる。アデリシアは彼の姿を目にした瞬間に回れ右をして逃げ出さなかったことを心底後悔した。

ジェイラントが回廊を迂回してアデリシアのもとにやってくる。だけどアデリシアはジェイラントではなくて彼が置き去りにしたアリーサの刺すような視線が気になって仕方なかった。

……怒ってる。アレは絶対に怒ってる！　しかもその怒りの矛先はジェイラントではなく、彼と彼女の時間を邪魔したアデリシアだ。

「ランダル、君に会えてよかった」

そんな状況に気づいているのかいないのか、ジェイラントはアデリシアの傍まで来ると笑顔でそう言い、慣れた動作で彼女の腰に手を回した。

「ちょっ……！」

「さぁ、行きましょう」

促されて歩き出すも、アデリシアはアリーサの視線が気になって仕方ない。チクチクと突き刺すようなそれが肌に感じられるようだ。やがて建物の中に入りアリーサが見えなくなると、アデリシアはホッと息をつきジェイラントに噛み付いた。

「僕を巻き込むのはやめて下さい！　彼女から離れる口実にしたでしょう！」

「そんなことはありませんよ？」

にこにこと笑顔でそんな白々しいことを言う目の前の相手がアデリシアは憎らしかった。

「だったら彼女の想いに応えてあげたらどうです？　ずいぶんご執心のようですよ、あの方」

いっそのこと結婚でもしてしまえ！　そうしたら自分が煩わされることはなくなるだろ

う！

　半ば本気でそう思いながら言ったアデリシアだったが、腰に回された腕に力が入り、思わずジェイラントを見上げた。

「私があの人の想いに応えることはありえませんね」

　ジェイラントは笑っていた。楽しそうに、可笑しそうに。でもアデリシアに向けるその翠色の瞳の奥には暗い炎のようなものが浮かんでいた。

「私が心に決めているのはただ一人だけ——」

　その瞳でアデリシアを射抜いてジェイラントは言った。

「君はそれを知っているはずです」

　その言葉にアデリシアはハッと目を見開いた。まさか気づいている——？

「だって君は〝彼女〟の——」

　だがジェイラントはそこまで言った後、急に悪戯《いたずら》っぽい笑顔になった。

「ああ、もちろん、彼女だけでなく、君もとても大切な人ですよ」

「ジ、ジェイラント様？」

　アデリシアは面食らった。いきなり表情が変わったからだ。そんな彼女にジェイラントがくすくす笑う。

「だから君が城に勤めてくれてうれしいですよ。近頃は来月開かれる陛下の誕生式典の準備のために忙しくてあまり時間が取れませんが……またそのうち本の話をしましょうね」

「あ、はい」

アデリシアは頷いた。レナルドもそうだが、ジェイラントもかなり本に対する造詣が深い。司書の先輩たちのように偏重《へんちょう》することもなく、全般にわたって詳しかった。だからアデリシアとしては本に関することを話すのは全然苦ではない。……むしろ楽しいくらいだ。

「さて、君の顔が見られて元気がでました。仕事に戻るとしますか」

ジェイラントはそう言ってアデリシアの腰から手を放した。

「引き止めてすみませんでした、ランダル。仕事中なのに」

「い、いえ……」

「では私はこれで」

そう言って足早に去っていくジェイラントの後ろ姿を見送りながら、アデリシアはあの胸のもやもやがすっかり無くなっているのに気づいた。

……ねぇ、ジェイラント様。

アデリシアはそっと心の中で呼びかけた。

――さっきランダルのことを〝彼女〟の何だと言おうとしたのですか？

『心に決めているのはただ一人だけ』

――それは本当？

この時初めてアデリシアは、彼と向き合わずに逃げ出したことを少し後悔していた。

7　変化する心と身体

「早く私に慣れて下さい。貴女の胎内《なか》に私がいる感覚に。貴女はこの一夜だけと思っているかもしれませんが、私はこれで終わらせるつもりはありません。言ったはずです――貴女は私のものだと」

　鼻をつく麝香の香りと下半身に異変を感じて意識を引き戻された時には既にアデリシアは再びジェイラントに犯されていた。仰天する彼女の上でゆっくりと欲望のリズムを刻みながら艶然と笑うジェイラント。

「まさか、あれだけで足りるとでも？　一晩中抱いたって足りはしませんよ」

「……っ……！」

　最初の時の激しさとは打って変わって、まるで彼の形を覚えさせようとするかのようなその緩やかな動きにアデリシアの身体がわなないた。依然として痛みはある。異物感もある。なのに、指の先まで痺れるような快感がそれを凌駕していた。

「いやっ、……もう許してっ……」

その感覚から逃れようと、アデリシアはジェイラントを押しのけようとした。ところが両手を摑まれて、ベッドに縫い止められる。その上罰とばかりに、ジェイラントの打ち付ける動きが激しくなった。

「ああ、ああ、んっ！」

背中を走る痺れるような快感にアデリシアの口から嬌声が漏れる。明らかに先ほどより激しい反応に、アデリシアの奥を穿ちながらジェイラントが目を細めて笑った。

「ゆっくりされるより激しい方が好きなのですね、貴女は。私をぎゅうぎゅう締め付けてくる。ふふ、いいですよ、ほら、好きなだけあげます」

そう言ってジェイラントはゆっくり剛直を引き抜くと、今度は一気にガツンと奥に叩きつけた。

「ああっ！」

涙を散らしながら身を反らせるアデリシア。逃げることは許さないというように手で腰を押さえつけられて、質量を増したものに何度も奥を穿たれる。そのたびにアデリシアの口から嬌声が上がった。

「やめっ、ああっ、あああぁん、んん、やめて、変になる……っ」

「……もっとおかしくなればいい。私のことしか考えられなくなるくらいにね」

その言葉の後に、ズルッと粘着質な音をたてて、ジェイラントの剛直が引き抜かれていった。

「あ、くぅ……」

内壁をこすりながら抜け出るその感触に、ぶるっとアデリシアは震えた。これで終わりかとホッとする一方で、中途半端に高められた身体は切なく疼いて男の熱い楔を切望していた。

だがすぐにジェイラントに身体をひっくり返され、うつ伏せにされたまま腰を高く持ち上げられた時、終わりだと思ったのは間違いであったことに気づいた。白いまろやかな双丘も、その間に息づく儚い窄《すぼ》まりも、栓を失ったことで蜜と胎内に放たれた白濁をトロトロと零している秘裂《ひれつ》も全て、今やあますところなく彼の視線に晒されていた。

「い、いやっ。放してっ」

逃げをうつアデリシアの身体をがっちり押さえ込んで、背中に覆いかぶさるジェイラント。再び熱い塊《かたまり》がアデリシアの蜜口に押し当てられていた。

「貴女に刻み込んであげます、アデリシア。心が拒否しようともその身体が私を忘れられなくなるように――」

ぐぷりと湿った音をたてて埋められていく剛直。

「い、や、あああああっ！」

アデリシアは灼熱に貫かれて甘い悲鳴を上げながらシーツに取り縋った。

寝室に女が奏でる嬌声と、繋がった場所から起こる淫靡な粘膜の擦れた音、そして男と女の肌がぶつかり合う音が響いていた。

「あ、あ、だめぇ……」

アデリシアは四つんばいになり、尻を高く上げてジェイラントを受け入れていた。と、腰を掴んでいた彼の手が下に回り、繋がっている場所からほんの少し上にある、充血した蕾を指で弾いた。

「ひぁっ、あああっ」

ビクンと背中が反り返り、シーツをかきむしる手に力がギュッと篭もる。

「そこ……だめぇ」

蕾を指で擦られて、つままれて、なのに奥もそれに合わせて穿たれて、彼女は快感にむせび泣いた。

「もう、すっかり私の形に慣れたようですね」

ジェイラントがくすりと妖艶に笑う。

「初めての交わりの時は固かったここが、今では柔らかく解けて私を締め付けてくる。

……すごくいい。想像はしていましたが、私たちはこっちの相性もいいみたいですね」

「ああ、あんっ、あ、あ……やめてぇ……」

蕾を弄ぶ指とは違う手が、律動に合わせて揺れる胸を捉えて揉みあげる。その手つきはやや乱暴で、普段なら痛みを覚えるほどだった。だが今のアデリシアにはなぜかその痛みすら快感に感じられた。

「こんな状態なのに、口では嫌だと言う。本当につれない人だ、貴女は」

ジェイラントはクスクスと笑いながらそう言って腰をたたきつけて奥を穿つ。

「ああっ……！」

ジェイラントの口調はどこまでも甘く優しげだ。だが、アデリシアの膣を犯す剛直は容赦がなく、彼女の慣れない蜜壷を強引に拓いていく。隙間なく埋めつくし太い部分で壁をこすり、奥をこじ開ける。アデリシアは為す術もなく、涙を流しながらそれを受け入れていた。痛いのに気持ち良かった。

もうすでに自分の身体とは思えない。ジェイラントが動くたびに勝手に喉をついて零れてくる甘ったるい嬌声。ジェイラントの思うまま形を変えられ、そのどれをも悦びを持って受け入れる身体。中を穿たれ、痛みがあるにもかかわらず蠢いて彼の剛直に絡み付き締め付けようとする胎内。何もかもが制御を失っていた。

だけどそれだけだったらまだよかった。……アデリシアは身体だけでなく、まるで心まで侵食されていくのを感じていた。

「あ、あ、そこ、だめぇ！」

太い部分で感じる箇所を擦られて、アデリシアは身悶《みもだ》える。

「ん、ここ、いっぱい突いてあげます。ほら……」

「あああん！」

ぐりぐりと擦られて、一際高い嬌声が上がった。アデリシアの目からはぼろぼろと涙が零れる。けれどそれは悲しみの涙ではない。そんな感情は悦楽の中にとっくに消えていた。

「気持ちいいでしょう、アデリシア？」

「あん、あ……んんっ」

ジェイラントは優しげな口調でアデリシアに言った。その一方でその身体でアデリシアを追い詰めていく。

「貴女を快楽で縛ってあげる。私を片時も忘れることがないように、その身体に刻み込んで……」

「あ、あ、あ！」

ガツガツと奥を犯される。蕾と胸を手で捏ねられて更に追い詰められた。

「いやぁ……ああああ！」

何度目かの絶頂。けれど男の律動は終わらない。達して敏感になった膣を擦り上げて再びアデリシアを追い詰めていく。

——何も考えられない。気持ちいい。

「貴女は私のものだよ、アデリシア」

欲望が爆《は》ぜて、お腹の奥に熱が広がった。

＊　＊　＊

「!!」

アデリシアはハッと飛び起きた。一瞬真っ暗で今どこにいるのか分からなくなり身を震わせる。しばらくして、自分が一人で、ランダルの下宿先のベッドにいることを思い出して力を抜いた。

「また、あの夢……」

ドクドクドク。心臓が異常なほど速く脈打っていた。その動きと合わせてズクンズクンと疼いている箇所があった。まるでついさっきまでジェイラントのものを受け入れていたかのように、子宮へとつづく狭い道が熱を持ち、蠢いていた。

アデリシアは膝をぎゅっと抱きしめると頭をうずめた。もうあれから二ヶ月は過ぎているのに。あの時の名残はすべて消え、記憶の底に沈んでいてもおかしくないのに。なのに、夢という形で繰り返し訪れる。

ランダルとして男装をして城に上がってからしばらくはこんな夢など見なかった。職場に慣れるのに忙しかったし、気を張っていたからか、ぐっすりと眠り、夢など見なかった。なのに――ジェイラントがランダルの前に現れるようになってから、あの夜の記憶が夢となってアデリシアを苛み始めたのだ。

それも決まってジェイラントがアデリシアに声を掛けた日の夜に見る。まるでアデリシアの中の女の部分がジェイラントの存在で花開いて主張しているかのようだ。

『私を片時も忘れることがないように、その身体に刻んで……』

ジェイラントの言葉が耳に蘇ってきて、アデリシアは震えた。その言葉通りに呪いを刻まれたようなものだ。――彼という呪いを。

その呪いから解放される時は果たしてくるのだろうか。だが、そもそも自分は本当にその呪縛から解放されたいと思っているのだろうか。甘く疼く下腹部を意識しながらアデリシアは自問する。

男装を始めた時は、ジェイラントが自分に飽きて結婚を諦めるまではと思っていた。けれど、今のアデリシアはジェイラントに本当に諦めて欲しいのかすら分からなくなっていた。

「ちょっとあなた」

頼まれていた本を届けに騎士団の詰め所に行った帰り道、横柄な響きのあるその声に呼び止められて、振り返ったアデリシアは内心ゲッとつぶやいた。そこにいたのはかのアリーサ・ヘンドリー侯爵令嬢だったからだ。

「……はい。何か？」

逃げ出したい気持ちを抑えて、アデリシアはこちらにやってくるアリーサを見つめた。

黒い巻き毛に濃い茶色の瞳。一見どこにでもある色彩なのに、この人の場合その地味な色合いですら大輪の花のように見えるから不思議である。美しい藤色のドレスを着た姿は本人がその美貌を自慢するだけあってどこでも人目を引いた。

白く滑らかな肌。ややつりあがりぎみのアーモンド型の目、つんと上を向いた鼻、魅惑的な弧を描く薄紅色の唇。そのどれもが男性を誘っているかのようで、匂い立つような女性の色香を感じさせた。

……ただし、性格には難ありだ。そうアデリシアは付け加える。

彼女はヘンドリー侯爵の掌中の珠として、甘やかされて育った。欲しいものは何でも与えられ、美しさを褒めそやされて。その結果、わがままで高飛車な女性ができあがった。おかげで女性にはすこぶる評判が悪い。ほとんど社交界には出向かないアデリシアでさえもその悪評を知っているくらいだ。

そしてわがままな性格以外でもうひとつ、他の女性の反感を買っている理由として、あからさまにスタンレー侯爵を追いかけ回していることが挙げられるだろう。

「王妃様の遠縁だからと言ってしょっちゅう城に出入りしてはスタンレー侯爵に付き纏っているのよね」

「本当、仕事を邪魔されて侯爵はいい迷惑よ」

とは侍女たちの談だ。彼女たちは身分の高さを理由に周囲に横柄な態度を取るアリーサが嫌いなようだった。

「スタンレー侯爵にはヘンドリー侯爵令嬢とだけは結婚して欲しくないわ」

貴族の子女の多くが十五歳で社交界デビューするこの国では、三年目のアリーサはまさに結婚適齢期だった。そして彼女が自分の夫としてジェイラント・スタンレー侯爵に狙いを定めているということは誰でも知っていた。その彼女に、あのレフィーネの誕生パーティの夜、スタンレー侯爵がアデリシアに夜這いをかけたなんてことを知られたら……。

想像するだけでゾッとした。だから、アデリシアはアリーサには近づきたくなかった。

なのに――どうやらスタンレー侯爵のあの態度のせいで自分は彼女に目を付けられてしまったようだ。チョコレート色のアリーサの瞳にあからさまな敵意が浮かんでいるのを見て取ってアデリシアはげんなりした。

「あなた、あのレフィーネ・マーチン伯爵令嬢の弟なんですって？」

「は……あ？」

いきなり出てきた姉の名前にアデリシアはびっくりした。スタンレー侯爵のことを聞かれるのかと思っていたからだ。

「そうですが……？」

質問の意図が分からずにアデリシアは疑問を声音に含ませて言った。だがアリーサはそれには答えずに閉じた扇子で口元を隠しながら、アデリシアをじろじろと眺めて言った。

「ふん、そのすました顔がよく似ていること。まったく姉も姉なら弟も弟だわ。姉弟揃ってその取り澄ました顔でジェイラント様を誑《たぶら》かすなんて」

「は……？」

どうやらスタンレー侯爵がらみのことのようだが、それでもそこでレフィーネの名前が出てくるのは理解できなかった。スタンレー侯爵を誑かす？　レフィーネが？

「あの、姉が何か？」

だが、その質問には答えずアリーサはさらにアデリシアを詰問する。

「あなたに聞きたいことがあるのよ。正直に言いなさい。なぜスタンレー侯爵はレフィーネ・マーチン伯爵令嬢の誕生パーティに現れたの？」

「え？」

「あの方が最近ずっとマーチン家に出入りしていたということは調べがついているの。だけど理由は分からないまま。なぜあの方はマーチン家に出入りしていたの？　あの方とあなたのお姉さまとの関係は？　まさかとは思うけど、レフィーネと話が進んでいるなんてことは……」

　最後はつぶやくように言った後、アリーサはキッとアデリシアを睨みつけた。

「だからあなたが知っている事を洗いざらいしゃべりなさい。レフィーネと侯爵様はどうなの？」

「どうって……」

　アデリシアはようやくそこで、アリーサが何を危惧して自分に声を掛けたのか分かった。

　ジェイラントはレフィーネの個人的なパーティに出席したのだ。かつて自分もそう思ったように、二人の間に特別な何かがあるからだと勘ぐるのも無理はない。何しろそういう誤解されそうな催し物には今まで参加しなかったジェイラントが、レフィーネのパーティには参加して、しかも家族と親しそうにしていたのだ。おまけにその後も何度もマーチン家に出入りしている。

　だが、残念なことにレフィーネとジェイラントの間には何もない。何かあるのはアデリシアの方だ。もちろんそんなことは口が裂けても言えないが……。

　アデリシアはごまかすことに決めて口を開いた。ランダルとしてなら、しらばっくれる方法はいくらでもあった。

「アリーサ様、申し訳ありませんが、僕では分かりかねます」

「嘘おっしゃい！　あなたのお姉さまのことでしょう！」

「ですが、僕はこの仕事に就く為に独り立ちしてすでに家を出た身です。それにレフィーネの誕生パーティの時は隣国にいたので出席できませんでした」

「それは……」

　アリーサはあの席でランダルがいなかったことを思い出したのだろう。くやしそうに顔を顰めた。

「でも……家族のことなのだから、連絡を取り合ってるでしょう！」

「確かに。ですが、レフィーネは何も言ってなかったし、妹のアデリシアからの手紙にも特にレフィーネと侯爵様のことは書かれていませんでした。ですから、姉と何か話が進んでいるとは思えませんが……」

「だったら、どうしてあの方はあなたにあんなに親しげなの？　家の格もそこそこの、しかも家督を継がないあなたなんかと」

　アリーサはそのチョコレート色の瞳に敵愾心を乗せてアデリシアを睨み付けた。

「あの方があんな風な態度を取るなんて見たことないわ！　あなたがレフィーネの弟だからではないの!?」

「……さぁ、僕には分かりません。確かにスタンレー侯爵には気にかけてもらっておりますが……」

首を振りながらアデリシアがそうとぼけると、アリーサは苛立たしげに扇を手の平に打ち付けて横柄に言った。

「もういいわ。……だけど、これだけは言っておくわね。ジェイラント様にすこし可愛がってもらっているからといって、いい気にならないでちょうだい」

そしてフンと鼻で笑ってそっぽを向くとアリーサはさっさと踵を返して行ってしまったのだった。

その怒ったような背中を見送ってアデリシアはため息をついた。スタンレー侯爵のせいでとんだ人物に目を付けられるようになったものだ。あの調子だと今後もランダルを目の敵にすることだろう。

「君も大変だな」

再び深いため息をついたアデリシアに声をかけてきた者がいた。

その声に、アデリシアは内心またゲッとつぶやく。この声の主もまたジェイラントのせいで目をつけられることになった困った人物の一員だからだ。アデリシアは苦虫を噛み潰したような顔で振り返った。少し離れた廊下の角のところに立ってこっちを見て笑っている黄金色の髪の貴公子を認めて言った。

「……聞いていたんですか、フォルトナー侯爵様」

「聞いていたわけではない。だけどアリーサ嬢の声は高いからね、否応なく聞こえるんだ」

そう悪びれもせず答えたのはエドゥアルト・フォルトナー侯爵だった。相変わらずの美形っぷりだが、あいにくとアデリシアにはなんの感慨もわかない。いい意味でも悪い意味でもアデリシアを揺さぶるのはジェイラントだけだった。けれど、アデリシアはその理由については頑なに考えるのを止めていた。

フォルトナー侯爵はその長い脚であっという間にアデリシアとの距離を縮めて目の前に立った。

「アリーサ嬢は相変わらずスタンレー侯爵にご執心なんだな。いっそのことさっさとくっついてしまえばいいものを」

フォルトナー侯爵は愉快そうに笑った。だがそこには若干の悪意が含まれている。

「再三ヘンドリー侯爵側から申し入れがあったそうだが、そのたびに断っているらしい。わがまま一杯なあのお嬢さんはそれで更にご執心なわけさ。何しろ今まで望んで手に入らなかったものはなかったから。まぁ、逃げるから追う。当然の心理だな」

「はぁ。でも追われる側はたまったものではないですよね」

アデリシアは嫌味半分で言った。それはこの男のしつこさも同じだからだ。だが、その嫌味は通じなかったらしい。

「特にあのアリーサ嬢なんかはそうだな。私がその立場なら遠慮したいね。わがまま娘に付き合うのは気疲れする。まぁ、だからこそ、あいつがアリーサ嬢に捕まったら面白いとは思うんだが」

くつくつ笑うフォルトナー侯爵にアデリシアはこっそりため息を漏らした。

侍女たちが詰め所で言っていたことはどうやら本当だったようで、彼はジェイラントへの嫌悪を隠しもしなかった。それならそれで無視していればいいものを、反対に彼を強く意識しているのは彼の言から明らかだった。

服装からしてもそうだ。太陽の貴公子、月の貴公子と相対するものとして呼ばれているのを意識してか、フォルトナー侯爵の着込んでいる服は白や黄色といった太陽を連想するものばかりだった。けれどジェイラントは違う。黒や紺など濃い色の上着を羽織っていることもあれば、それこそ白の上着を纏うこともある。月の貴公子云々はまったく気にとめていないのだ、彼は。そして、ジェイラント自身もフォルトナー侯爵をまったく意識してはいない。……フォルトナー侯爵だけなのだ、ジェイラントを敵視しているのは。だからこそますますこの人はジェイラントに対して対抗意識を燃やしていく。その悪循環だった。

……悪い人ではないのだけれど。

高位の貴族特有の横柄さはあるし、自分の容姿にやたらと自信を持っていて鼻につくところはあるが、それでもアリーサのように身分が低いからといって人を侮ったり嘲ったりするところはない。容姿や身分も申し分なく、かつてジェイラントと女性からの人気を争っただけのことはあると思う。

だが、残念なことにそのジェイラントを意識するあまり、非常に視野が狭いのだ。矮小さがかえって目立つと言うか……。ジェイラントを敵視するのをやめてもっとゆったり構えることができれば、人としての魅力も増すだろうに、とアデリシアは思う。

「ところで先ほどアリーサ嬢が言っていたことは本当なのか？」

不意に笑顔を消してフォルトナー侯爵はアデリシアに尋ねてくる。

「何がですか？」

「レフィーネ・マーチン嬢のことさ。あいつがレフィーネ嬢の誕生パーティに赴いたという噂は私も聞き及んでいる。だが、その後もマーチン家に出入りしているというのは初耳だ。が、アリーサ嬢はあいつの動向を常に探っているからな。それは確かなことだろう。ということはだ、彼女の懸念どおりマーチン家であいつの何かしらのたくらみが進行していることも十分考えられる。君はレフィーネ嬢の弟だろう？　何か聞いていないのか？」

「侯爵様……僕の返事を聞いてなかったんですか？」

アデリシアは嘆息しながら言った。

「さっきアリーサ様に言った通りですよ。あの頃屋敷にはもう住んでなかったし、パーティにも出席していないんです。実家にも帰ってないから、レフィーネとスタンレー侯爵がどうなのかなんて教えてもらってないんです。だけど少なくとも、姉とスタンレー侯爵が婚約式をやるなんて話は聞いていないですよ」

貴族の婚約式は両家の家族が一堂に会した中で取り交わされる契約式だ。その結婚に反対しているか勘当されているということがない限り家族なら呼ばれるのが普通だ。だからレフィーネが、もしくはアデリシアが誰かと婚約するならば、ランダルのところに連絡が来るはずだった。逆にそれがないからまだ自分が正式にジェイラントと婚約したわけではないと分かるのだ。

「そうか……」

フォルトナー侯爵はそうつぶやいたきり何かを考え込んでいた。そんな彼にアデリシアは言った。

「侯爵様は人の結婚を気にしている場合ではないかと思いますが」

「え？」

「スタンレー侯爵の結婚相手を気にするよりも、自分の結婚相手を気にしたらどうですか？　跡継ぎが必要なのは侯爵様も一緒でしょう」

いくら男色といっても、侯爵家を継いでいる限り後継者を作らねばならない。そして男には子供は産めない。だが、アデリシアの言葉を聞いたフォルトナー侯爵は笑い出した。

「ハハハ！　心配してくれるのかい？　だけど大丈夫、いざとなったら姉や妹の子供を養子にすればすむことだからな。それに……」

フォルトナー侯爵はそこまで言って意味ありげに口をつぐんだ後、アデリシアにキラキラ煌くような視線を向けた。

「だから安心して君は私に身を委ねてくれれば……」

「僕はその気はないと何度も言ったと思いますが……？」

肩を抱こうとする手を避けてアデリシアは言った。本気なのかそうでないのか分からないが、この言い寄るような口調と態度はどうにかならないものかと思う。

「相変わらず君はツレないな。まぁ、そういう誰にも靡《なび》かないところが気に入っているんだがね」

わざとらしく嘆息したのち、仕事途中だとかいうことでエドゥアルトはアデリシアの前から去っていった。「また会いにくるよ」という余計な言葉を残して。


「あははは、あんたも難儀ねぇ」

話を聞いたレナルドは盛大に笑った。

「スタンレー侯爵には構われ、フォルトナー侯爵には言い寄られて、おまけにアリーサ・ヘンドリーには睨まれて。二ヶ月しかまだいないのにね」

「笑い事じゃないですよ、レナルドさん」

アデリシアはレナルドの執務室のソファに座って顔を顰めた。

「だいたいこれも全部スタンレー侯爵のせいです。彼が現れるまではすごく静かに本に囲まれて過ごせていたのに」

ところが今ではいつでもどこでも、スタンレー侯爵かもしくはフォルトナー侯爵に出くわさないか気を張る毎日だ。さらにあのアリーサに睨まれたとあってはどう考えてもこの先静かに過ごせそうもない。

「まぁ、アリーサ・ヘンドリーはキャンキャン吼えているだけでしょう。気にしなさんな。本当にね、あの娘も諦め悪いったらないわ。あそこまで気がないのが分かりきっているんだから、そろそろ別の男を見つけないと嫁に行き遅れるでしょうに」

「フォルトナー侯爵によると相手が逃げるからこそさらに執着するんだそうですよ」

「エドゥアルト・フォルトナー侯爵ねぇ……」

その名前を口にしたレナルドは不意に笑顔を消してアデリシアに真剣な眼差しを送った。

「アリーサの方はともかく、フォルトナー侯爵には気をつけなさい。あんた今男の姿してるんだし、近くの空き部屋に連れ込まれないようにしなさいよ」

「分かってます」

アデリシアは五日ほど前に見た光景を思い出してブルっと震えながら頷いた。

それは夕方仕事が終わって城を出ようとした時のことだ。通用門の方に向かって廊下を歩いていたアデリシアはフォルトナー侯爵が、とある若い男性の肩を抱いて人気のない部屋へと一緒に入っていくのを目撃してしまったのだ。

アデリシアはその若い男に見覚えがあった。フォルトナー侯爵が副長官を務める財務省に勤める少年だ。アデリシアに会いに図書館に出向いていたフォルトナー侯爵を一度呼び戻しに来たことがあって、覚えていた。年のころはアデリシアと同じか、すこし下くらいだろう。色白で背も低く、繊細な顔立ちで、一見女の子のように見えたものだ。もちろん上着にズボンといったまぎれもなく男の恰好なのだが、フォルトナー侯爵に話しかける際も、彼に笑顔を向けられた際も頬を染めて憧れの篭もった眼差しで侯爵を見上げていたその様子は、まるで恋する乙女のようだった。

先輩司書が言っていたエドゥアルトの好みの男のタイプを思い出して、アデリシアはこういうタイプかと得心がいった。女性のような綺麗な顔の青年、まさしくそれに当てはまっていたからだ。

だが、少年が憧れの眼差しで頬を染めた場面を見るのと、その彼を部屋に連れ込んでいる場面を見るのとでは衝撃の度合いが違った。人気の無い部屋に連れ込む――それが何を意味するのかアデリシアはもう知っている。ただの噂ではなく本当だったのだと、あの時初めてそのことが真実を伴って胸に落ちたのだ。そしてその彼に言い寄られていることに危機感を覚えた。ランダルの為にも絶対に隙を見せるわけにはいかない。

「でも本当にあの人私……というかランダルを狙っているんでしょうか。確かにランダルは女顔だけど……」

アデリシアは言いながらレナルドの顔をじっと見た。どう考えてもランダル――いや、自分より正真正銘男であるこの人の方が女性っぽく見える。

「レナルドさんの方がよっぽど狙いがいがあると思うんですよね。フォルトナー侯爵の好み『女性のような綺麗な顔の青年』にぴったり当てはまっているじゃないですか」

だが、レナルドはそれを聞いて盛大に顔を顰めた。

「何を言うのかと思えば……。その好みには重要な要素が抜けているわよ。〝大人しくて自分に従順なタイプ〟っていうのがね。アタシがそれに当てはまると思う？　それにアタシあいつ嫌いだし、そしてあいつもアタシを嫌っていると思うわよ」

「……もしかして、知り合いですか？」

今までそんなそぶりを見せたことは無いが、この言い様だとまったく見知らぬ他人というわけでもないらしい。レナルドは肩をすくめて言った。

「顔見知り程度だけどね。ほら年も近いから顔を合わせることもあるわけよ。アタシだって一応伯爵家の嫡子だしね。で、話は戻るけど、あいつの趣味は昔っからそうだったのよ。声をかけるのは楚々とした感じの大人しめな従順な子。アホだからそういう手合いの子に憧れたり敬われたり賛美されないと自尊心を保てないのよね。そのくせ言い寄られて食指《しょくし》が動けば手当たり次第。節操なしもいいところ」

どうやら昔からの顔見知りであるらしいレナルドは、フォルトナー侯爵に容赦なかった。本当に嫌いらしい。だが〝大人しくて従順そうな〟という条件がつくなら、この上司がその範疇《はんちゅう》に入らないのは確かだ。もっともその範疇にどうして自分が入るのかも分からないが。

「それにだいたいアタシはあいつと違って男とそういう関係になる趣味はないわよ。しかもあいつ？ ハッ、天地がひっくり返ってもあり得ないわ。あんなアホとなんてね！」

「アホって……」

「アホでいいのよ、アレは。見当違いの恨みで間違った方向に行ったアホだから。だけど、だからこそ周りが見えなくなって馬鹿なことをしでかさないとも限らないの。あんたも油断しちゃだめよ。ランダルとしてもそうだけど、アデリシアとしてもね」

「あ、はい。もちろんです」

アデリシアとしても。その言葉に一瞬疑問を感じたが、それは女とバレないようにしろということかとアデリシアは解釈した。

「まぁ、あんたが男装生活しているのもそう長いことじゃないとは思うけど、最後まで油断しないようにしなさい」

「あ……」

その言葉でアデリシアは、自分が期間限定でここにいることを思い出した。そう、ランダルが戻るまでなのだ、この司書生活は。

あれから二ヶ月。さすがにもうそろそろランダルが戻ってきてもおかしくない頃だ。けれどアデリシアはなんだかこの生活がいつまでも続いていくように錯覚していたのだ……あまりに楽しくて。

確かにジェイラントやらフォルトナー侯爵に付き纏われて、更にアリーサにまで睨まれるという面倒なことになってはいるが、司書生活は楽しかった。本は読み放題だし、なにより本を読んでいても女だからと顔を顰められたりすることもない。伸び伸びとした読書三昧の日々を送れていたのだ。けれど、楽しい時間はじきに終わる。そしてあの窮屈な生活に戻らなければならないのだ。

「寂しく……なります」

ションボリとアデリシアは言った。

「もうそろそろあいつも動き出すと思うし……って、何辛気《しんき》臭い顔してんのよ。ランダルにかこつけて城に来ればいいじゃないの。通行許可書くらい出してあげるわよ」

「え？　本当ですか！」

アデリシアはパッと顔を上げた。

「ええ、あんたは身元がはっきりしているから、許可書も問題なく発行できるでしょ」

「ありがとうございます！　レナルドさん！」

女の姿でもまたここに来れるなんて、夢のようだ。……そうだ、その時には目をつけておいた読書の趣味が合いそうな女性に声をかけて……ぜひとも知り合いになろう。ランダルと同じ顔をしているから、とっつき易いはずだ。

「ほら、もう、持ち場に戻りなさいよ。アタシの読書タイムを邪魔してんだからね、あんたは」

「はーい。了解しました！」

アデリシアは笑みを浮かべたまま、まるでスキップでもしそうなくらい上機嫌で執務室を出て行った。その後ろ姿を見ながら、レナルドは苦笑した。

「まぁ、しばらくはあの男が傍から離すわけないから……城に来れるようになるのはだいぶ先だと思うけどね」


上機嫌で仕事を終わらせたアデリシアがその光景を見たのは、通用門へと向かう途中の廊下だった。

「ジェイラント様」

その甘ったるい声ですぐに分かった。アリーサ・ヘンドリーだ。今日も王妃様のご機嫌伺いという名目で城に来た彼女が、仕事帰りのジェイラントを捕まえたのだろう。しなだれかかるようにしてジェイラントに話しかけている。それを遠目で見かけたアデリシアは見つからないうちにさっと近くの廊下を曲がって身を潜めた。

「ねぇ、ジェイラント様、是非とも我が家にいらして下さいませ。父も会いたがっているんですのよ」

「そうですか。ではそのうち機会がありましたら」

「もう、いつもそう言って来て下さらないじゃないですか！」

「私もヘンドリー侯爵も執政を担っている身ですからね、城でお会いできるので」

「でも個人的なことは話せませんでしょう？　だから是非とも我が家に来ていただきたいの」

彼女の意図は明らかだ。どうあっても屋敷にジェイラントを招きたいらしい。……それはレフィーネの誕生パーティに出席したことへの対抗心なのだろうか。それとも――？

ヘンドリー侯爵家にスタンレー侯爵が招かれてもおかしくはない。けれど、令嬢があからさまにジェイラントにご執心だという状況でのそれは周囲のいらぬ憶測を招くことだろう。それこそ、アリーサがマーチン家を熱心に訪れるジェイラントに疑惑を抱いたように。

……それと同じことをアリーサがやろうと画策してもおかしくない。周囲から固めて既成事実にする。名誉を重んじる貴族社会では有効な手段だ。

「申し訳ありませんが、今は陛下の誕生式典のことで忙しい身ですので。また機会がありましたら」

けれどジェイラントがそれに乗る事はなかった。やんわりと断りの言葉を発する。そこには明解な拒絶の意思が感じられた。アリーサもそれを感じ取っているのだろう。縋るような声で訴えた。

「どうしてですの？　私ほどあなたに相応《ふさわ》しい人間はいませんのよ。またあなたの横に並べるように努力してきましたわ。どこかの伯爵の令嬢なんかより、私の方がよっぽどあなたのお役に立てます」

アデリシアはそれ以上聞いていられずに、足早にその場を去った。だからアリーサの言葉にジェイラントが、

「私は役に立つとか立たないとかそういう理由で妻を選びたいとは思いません。それに前から私には決めた人がいるとお伝えしていたはずですよ、アリーサ嬢」

そう答えたことも知ることはなかった。

アデリシアは廊下を足早に進んで、声が聞こえない所まで来ると、足を止めた。もうすっかりさっきまでの機嫌の良さは吹き飛んでいた。胸の中がまたあのもやもやしたもので埋め尽くされる。

アリーサが言っていたことは正しい。貴族なら当然のことだ。侯爵には侯爵令嬢の方が相応しい。誰もがそう思うだろう。アリーサが比較していたのはレフィーネだろうが、そ

れはアデリシアにも当てはまる。もちろん、ジェイラントがそれほど身分にこだわるとは思えないが……。けれど、身分だけではない。彼に相応しいと思うものをアデリシアは持っていない。……ジェイラントが自分に飽きても、胸を張って傍にいられる自信がないのだ。

「あの人たちのことなんて、知らない。勝手にくっつけばいいのよ」

そのつぶやきは虚しく廊下に響いた。

『心に決めているのはただ一人だけ』

ジェイラントの言葉が蘇る。

——もし自分にアリーサのように、誰よりも自分が相応しいと言い切れる自信があったら。

——もし初恋があんな形で終わらなかったら。

ジェイラントによってこんなにも揺さぶられる心と、そして疼く身体を持て余し、一人ここでこうしていることはなかったのだろうか。……彼の傍《かたわ》らで笑っていられたのだろうか。

アデリシアはやるせない思いに駆られた。だが彼女は頑なに、その思いの奥に潜んでいる感情を認めようとはしなかった。

——そしてアデリシアは知るよしもなかった。この時すでにジェイラントが最後の仕上げのために行動を起こしていたことを。

アデリシアがその話を聞いたのは、図書館の中だった。時々恋愛物を借りにくる若い女官が二人、アデリシアが整理している本棚の反対側でこんな話をしていたのだ。

「えー、本当なの？　ショックだわ！」

「いえ、確かなことらしいわ。内務省にスタンレー侯爵の結婚の申請があったのですって。ほら、貴族の結婚は許可制であそこが管理しているから」

スタンレー侯爵とそしてなにより、結婚という単語に、本を棚に入れようとしていたアデリシアの手が止まった。

「じゃあ本当なのね。憧れていたのに、ショックだわぁ」

「もう婚約式も済ませているでしょうね。申請には両家の当主がサインした婚約書が必要だもの」

――ジェイラント様が、婚約？　……誰と？

一瞬アリーサの顔が浮かび、アデリシアの胸がちりちりと痛んだ。この間彼女がジェイラントにヘンドリー邸に来るように迫っていた場面を目撃している。彼は断っていたようだが、もしかして――？

「相手は誰なの？　まさか――アリーサ・ヘンドリー侯爵令嬢？　それだけは嫌だわ、

私！」

「それがね、相手はなんと、マーチン伯爵の二女だそうよ」

その言葉にアデリシアは凍りついた。

「マーチン伯爵の二女？　聞いたことが無いわね。レフィーネ・マーチン伯爵令嬢は、確か……」

「彼女は長女よ。だから相手はレフィーネ・マーチン伯爵令嬢の妹だということになるわね。彼女の名前は――」

アデリシアの手から本が滑り落ちていった。

「アデリシア・マーチン。それがスタンレー侯爵の婚約者の名前だそうよ」

8　婚約と企み

「えっと、婚約おめでとう？」

「おめでとうじゃないですよ！」

アデリシアはレナルドに噛み付いた。衝撃的な話を聞いた二日後のことだ。

あの日、レナルドは実家の伯爵家の用事だとかで休みを取っていて、そして入れ替わるように昨日はアデリシアが休みを取った為に、婚約の話を聞いてからレナルドと顔を合わせるのはこれが初めてだった。そしてもちろんレナルドもここ数日城を駆け巡っている噂をとうに耳にしているだろう。彼はアデリシアの不機嫌そうな顔を見ながら苦笑する。

「いきり立ってるわねぇ」

「だって、私の知らないところで勝手に婚約させられたんですよ！」

アデリシアは怒り心頭で訴えた。

　アデリシアは一昨日仕事を終えた足で直接、友人であるリンゼイのところへ向かった。実家から何か連絡が入っているかもしれないと思ったからだ。だが、ベイントン邸には実家のマーチン家からもスタンレー家からも何も連絡は入っていなかった。当然、ランダルのところにも連絡は無い。婚約式があるなら通常家族は召集されてしかるべきなのに。けれど当然だろう――何しろ婚約式などやっていないのだから！

　婚約式には当然本人たちの出席は必須だが、婚約するということだけならば、必要なのは両家の家長の署名だけなのだ。婚約時には家長たちの署名、そして結婚式の宣誓書に当人たちの署名と、その二つがそろって初めて貴族の結婚が成立する仕組みだ。だから婚約はアデリシアがいなくても成立する。――してしまうのだ。しかし普通は婚約式をしないなどありえない。

「してやられたわね」

　リンゼイが苦笑した。

「今まで音沙汰がなかったのはこのためなのね。アディがいない間に既成事実にしてしまうつもりだったから」

　もちろん、アデリシアはすぐさま実家に手紙を書いた。アデリシアとしてだ。だが、婚約に抗議をする内容だったそれは綺麗さっぱり無視され、返信は『婚約が成立した、そのまま侯爵のもとにいるように』となんともそっけないものだった。しかも、相変わらずアデリシアは公には婚約者であるジェイラントのもとにいることになっているようだ。

「あなたが傍にいればそりゃあ抵抗されて難儀したでしょうけど、いないのだから話を進めるのは簡単なこと。道理であなたを連れ戻そうとする動きが無かったわけだわ。あっちにとっては好都合なのだから」

リンゼイの言うとおりだ。アデリシアには打つ手がなかった。抗議するならアデリシアとして彼の前に出なければならない。けれど出たら捕まるだけ。反対にこのまま無言でいたとしてもアデリシア抜きで話を進められる。彼にとってはどちらに転んでも好都合なのだ。

やられた、と思った。だからジェイラントはアデリシアが家出をしてもああも冷静だったのだ。無理に連れ戻すことをしなかったのも、同じ理由だ。

「でも結婚するにはあなたの署名が必要よ。今までのようには無理は通せないわ」

そうリンゼイは慰めてくれたけれど、アデリシアは少しも安心できなかった。

ほんの少し前まで彼に諦めて欲しいのかそうでないのかもやもやと考えていたが、今ではそんな感傷はどこかに吹き飛んでいた。諦めたように見えたのは単にアデリシアを油断させようとしていたからだろう。むしろそんなことを水面下で企むほど執心されていることが判明して空恐ろしいくらいだ。

——今までのようには無理は通せない？　本当に……そうだろうか。

そんな風に油断していたら足元を掬われて気づいたら結婚させられているのではないか。そう思えるだけのものがジェイラントにはあった。気づかないうちにじわじわと包囲されて、逃げ出せない状況に追い込まれている気がして仕方なかった。

「それにしても、五日後に陛下の誕生式典と舞踏会があるというのに、あんたの顔を見ようと図書館に来るなんて、よくそんな暇があること。みんな、準備に忙しい時期なハズなのに」

「本当にそうですよね」

今朝からの騒動を思い出してアデリシアは顔を顰めた。

婚約を聞かされた一昨日は「スタンレー侯爵とマーチン伯爵令嬢の婚約」の噂の中にランダルの名前はなかった。だからアデリシアは心の中はともかく、いつものように静かに業務を終わらせることができたのだった。だが、一日休暇を取って出勤した今日、状況が一変していた。

どこからかランダルとアデリシアが双子だという話が広まっており、めったに社交界に出てこないアデリシア・マーチンの情報を得ようと、図書館にひっきりなしに人が訪れるようになっていたのだ。いつも図書館に来ていた常連は言うに及ばず、今まで図書館に訪れたことがないような人まで。

おかげで仕事にならなかった。新規の図書に番号を割り振る間も途切れなくアデリシアについて尋ねられ、棚を整理しようとすればぞろぞろと人がついて回る始末だ。困ったアデリシアはレナルドの執務室に逃げ込んだ。

「しかも、アデリシアはランダルの女版だという話になってるそうじゃないの。だから余計にあんたの顔を見に来たいというわけね」

「双子で趣味も同じだと言ったら、いつの間にかそんなことになってたんですよね……」

まったく笑えない話だ。何しろみんなが知るランダルは実はアデリシアで、女版ならぬ彼女の男版なのだから。おかげで目ざとい人に男装だとバレないか戦々恐々だ。さすがに国王の誕生式典間際となったらそちらが忙しくてアデリシアに興味を失うと思うのだが――。

「不幸中の幸いは、私の顔を見に来る人たちの中に、会いたくない人がいないということですね」

ジェイラントはもとより、アリーサ・ヘンドリー侯爵令嬢とエドゥアルト・フォルトナー侯爵。この人たちには会いたくなかった。何しろ二人には婚約の話など聞いてないと断言してしまっている。それでなくともアリーサには睨まれるどころか憎まれていてもおかしくない。彼女にしてみれば恋い焦がれる人を横から掻っ攫っていった憎い女の身内だ。

できればほとぼりが冷めるまで顔を合わせたくない。アデリシアの切なる願いだった。

ガッチャーンという、何かが派手に壊れるような音が部屋に響いた。部屋の主が激昂《げっこう》して、テーブルの上にあった花瓶を花ごと叩き落としたからだった。とある知らせを伝えに来た侍女が近くで怯えたように身をすくませるのに目もくれず、アリーサ・ヘンドリーはテーブルに手を叩きつけた。

「ジェイラント様が婚約!?　それもレフィーネ・マーチンの妹と!?」

侍女が怯えたような顔で頷いた。

「は、はい。城はすでにその噂で持ちきりだとか……」

「そんな……そんなことは許さない……！」

アリーサはテーブルに広げた指をぎゅっとクロスごと握り締めた。

「ジェイラント様は私のものよ！　他の女になど渡すものですか！」

初めてジェイラントを見た時からそう決めていた。彼は自分にこそ相応しいと。そして自分こそ彼に相応しいと。だからどんな手を使おうと彼と結婚するつもりだった。

アリーサは父親のヘンドリー侯爵から溺愛されて育った。娘に甘い父は、望めば何でも与えてくれた。だから社交界デビューしたパーティでジェイラントに一目惚れをした彼女は、当然のように父親に彼が欲しいと望んだ。――だが手に入らなかった。

父親であるヘンドリー侯爵が何度も結婚の申し入れをしたのに、相手が首を縦に振らなかったのだ。心に決めた相手がいると言って。ジェイラントが格下の相手であれば権力や身分を笠に着て強行できたかもしれない。だが、相手は自分と同等の、それも力のある侯爵家だ。本人が承諾しない以上、アリーサには手の打ちようがなかった。

何でも手に入れていた娘が初めて手に入れられなかったもの――それがジェイラントだ。そしてそれがかえってアリーサの心に火をつけた。絶対にあの月の貴公子を手に入れるのだと心に誓い、彼の心を捕えようと努力をしてきた。幸い、心に決めた相手がいると言っていたのに、ジェイラントがなかなか結婚する気配はなかった。だから入り込む隙はあると、常に彼の動向を探っていたのだ。

そんな中でジェイラントがマーチン家に通い出した。危惧したアリーサは当然レフィーネ・マーチンを警戒した。けれど、彼女にはレイディシア伯爵の嫡男との結婚の話が進んでいるとの情報が入り、安心しきっていた。油断していたと言ってもいい。

そんな矢先の衝撃的な知らせに、アリーサは平静ではいられなかった。

ジェイラントの相手はレフィーネではなく、その妹のアデリシアの方。妹との結婚のためにジェイラントはマーチン家に通っていたのだ！

なぜジェイラントがマーチン家に通っていたのかその調査を怠ったことにアリーサは心

の底から後悔した。知っていれば何か手を打てたものを。

アリーサは爪を噛みながら部屋を歩き回った。

この婚約を潰さなければならない――結婚してしまう前に。アリーサが欲しいのはジェイラントの愛人の座でも妾《めかけ》の座でもない――正妻の座だ。侯爵令嬢の矜持が日陰の身になることをよしとしないのだ。欲しいのは正式に認められた、ゆるぎのない地位。けれど、貴族は一度結婚をすると離婚するのは難しい。だからこそ婚約の段階でこの話を無効にしなければならなかった。

――どうすれば、アデリシア・マーチンを追い落とすことができるだろう。

話によるとすでにアデリシアは婚約者としてスタンレー家に入っているらしい。何か仕掛けたくともこれでは直接彼女に手を出すのは難しかった。それがアリーサには口惜しい。もっと早くに知っていたらマーチン家の使用人を買収するなりして、その女を二度とジェイラントの前に姿を現せないようにしてやることも可能だっただろうに。

だが残念なことに彼女がスタンレー家にいるのではその手は使えないのだ。前に買収しようとして失敗し、それ以来警戒されてしまっているから。だからせいぜい出入りの業者から情報を仕入れるくらいしかできなくなった。それもアリーサには歯痒かった。そんな不確かな情報に頼らなければならないから、今回後手に回ってしまったのだ。

――なんとか結婚を阻止する方法はないだろうか。アリーサは考える。だが、残念なことにアデリシア・マーチンはめったに社交界の催しには出てこない。アリーサ自身もほとんど彼女を見たことがなく、印象が薄かった。数ヶ月前のマーチン家のパーティでも見たはずなのに――と、そこまで考えたアリーサの頭の中で不意にひらめいたものがあった。確か今度開かれる国王陛下の誕生式典の後には恒例の舞踏会が開かれるはずだ。当然その場に侯爵の婚約者としてアデリシア・マーチンも出てくるだろう。

「……そうね、この方法ならあの女を追い落とすのと同時にジェイラント様を手に入れられるわ」

アリーサは足を止めて、毒々しくも艶やかな笑みを浮かべた。そして部屋の隅で怯えたように自分を見ている侍女に視線を向けて命じた。

「今すぐ人をよこして。手に入れたいものがあるの」

侍女が逃げるように部屋を出て行くと、アリーサは笑いながら椅子に腰をかけた。

この方法には協力者が必要だ。そしてアリーサにはその相手に心当たりがあった。――彼なら必ずこの話に乗るだろう。彼にとっても絶好の機会なのだから。

「ジェイラント様、あなたを他の女と結婚などさせませんわ」

そうつぶやくアリーサの目には昏《くら》い炎が灯《とも》っていた。

「で、私に協力しろと?」

次の日、アリーサはとある薬を手にフォルトナー侯爵邸を訪れていた。眉を上げるエドゥアルトにアリーサは微笑む。彼女は相手がこの話に心を惹かれているのが分かっていた。

「ええ、私の願いはかなうし、あなたもスタンレー侯爵に一泡吹かせられる。悪い話ではないと思うけど？」

「確かにあのジェイラントのお相手には非常に興味を覚えるが——アリーサ嬢、私に女を相手しろと？」

ゆったりとソファに腰を掛けてそう嘯《うそぶ》くエドゥアルトにアリーサは鈴を鳴らしたような笑い声を上げた。

「フォルトナー侯爵ったら、私が知らないとでも思っているの？　あなたのお手つきの女性のことはみんな知っているのよ？　例えば——この女」

アリーサはお茶を運んできた侍女を扇で指した。その扇の先にいる金髪の可愛らしい女性は顔を真っ赤にさせる。

「お手つきになってまだ間もないそうね。客人の前で赤くなるなんて、教育が足りないんじゃない？」

その言葉にエドゥアルトは苦笑した。

「そう苛めないでやってくれ。まだ慣れていなくて初々しいんだ」

「ふん。まぁ、いいわ。とにかく、あなたが男だけでなく女もたらしこんでいるのは知ってるのよ。だから、私の提案も呑めるはずよね？」

「……」

うっすらと微笑みを浮かべるものの、何も言わないエドゥアルトにアリーサは更に畳《たた》み掛けた。

「それに、ここ何日間か城に出仕していないあなたは知らないでしょうけど、アデリシア・マーチンはあなたが最近ご執心のランダル・マーチンと双子で、だからとてもよく似ているそうよ？　ふふ、ねぇ、双子をどちらも手に入れるなんて素敵じゃない？　しかも、スタンレー侯爵の鼻先から掠め取ってね」

「……怖い人だね、アリーサ嬢」

「あら、お褒めいただけて嬉しいわ。私、あの双子が目障《めざわ》りなの。だからジェイラント様の傍から消えてくれるのならどうとでもしてくださって結構よ。遊ぶのもよし、妾にするなり好きになさって」

「女は怖いね。本当に」

苦笑するエドゥアルトに身を乗り出してアリーサは問いかけた。

「それでどうかしら？　協力していただけるかしら？」

「……少し、考えさせてくれないか？」

何かを思案するように、顎に手を当てながらエドゥアルトは答えた。

「ランダル」

アデリシアは下宿先に帰ろうと図書館を出たところで呼び止められた。

「……フォルトナー侯爵様」

振り返り、会いたくなかった人物その二をそこに認めたアデリシアは、内心ゲッと思いながらも、足を止めて彼が近づいてくるのを待った。

「ここしばらく君の姿を見ることができなくて寂しかったよ」

また歯の浮くようなことを……と思いながらそのことは聞き流す。

「そうですね。しばらくぶりですね」

あの婚約のことを聞いた後もその直前も、アデリシアはこの人の姿を見ることはなく、比較的平和な日々をすごしていたと言える。だからこそあの婚約話の不意打ちには衝撃を受けた。

「ああ、領地で少し問題がおこったらしくてね、帰郷していたのだよ」

「そうだったんですか」

マーチン家もそうだが、フォルトナー家も領地は王都を離れた遠くの地にある。本宅は当然その領地にあるが、多くの貴族は王都や王都近くに別宅を設けていた。アデリシアがついこの間まで住んでいたマーチン邸も長兄が住む本宅ではなく、王都近郊にある別宅である。

「フォルトナー侯爵領は遠いですから、大変でしたね」

「それはいいんだが、何でも私がいない間にあのジェイラント・スタンレー侯爵と君の双子の妹が婚約をしたと聞き及んだが……それは本当か？」

「え、ええ……まぁ、そのようですね」

アデリシアは肩をすくめて答えた。

「ついこの間までは、アリーサ嬢が騒いでいたのは姉のレフィーネ嬢のことだった気がするんだが。それに君は以前、結婚話は進んでないと言っていたね」

本当にこの人は聞いて欲しくないことを単刀直入に尋ねてくれる。アデリシアはそう思いながら用意していた答えを口にのせた。

「それが、どうも僕が本の買い出しに隣国に行っていた間に話を整えていたようでして。その後はここに就職したばかりで余裕のない僕の事情を考えて直前まで黙っていたそうです。だから僕も話を聞かされてびっくりした口なんです」

「そうか……」

エドゥアルトは顎に手を当ててしばし何かを考えた後、アデリシアを見下ろして言った。

「ジェイラント・スタンレー侯爵が君に妙に親しげなのは、妹さんのことがあるからなのか」

「ええ、おそらく」

アデリシアは頷きながら、そういえばと思い返した。そういえば、この人は元々ジェイラントが必要以上に親しげにしていたからという理由でランダルに興味を持ったのだ。思わせぶりなことを言ったり、馴れ馴れしかったりするが、それはジェイラントに対する意趣返しのようなものだろうとアデリシアはふんでいた。親しくしている二人の仲を裂《さ》こうというのか、ランダルの気持ちを自分に向けようとしていたきらいがある。だからジェイラントの狙いがはっきりした今は自分への興味はなくしたかもしれない。ランダルの為にもそうであって欲しいとは思う。だが――。

「妹さんはどんな感じの女性かい？」

そう聞かれてアデリシアは気を引き締めた。この人の興味が今度は〝ジェイラントの婚約者であるアデリシア〟に向かうのは必至だ。冗談じゃない！

今彼は男性にしか興味がないのだから、アデリシアが性的な意味で狙われることはないだろう。けれど、ジェイラントのことが気に食わないと公言しているこの人が、善意でアデリシアに近づくはずはない。アデリシアとしても付き纏われることを考えるとうんざりした。

悪い人ではないのは分かるが、アデリシアの趣味には合わないのだ。何しろこの人は本をあまり読まない。先輩司書がフォルトナー侯爵は図書館に来ないと言っていた通りに、自分の興味がないものに関してはまったく無関心を隠そうともしないし、そもそも知ろうともしない。それに自己顕示欲が強いきらいのあるこの人の話はアデリシアには退屈すぎるし苦痛だった。少なくとも長く話していたい相手ではない。

その点ジェイラントは、馴れ馴れしい態度こそエドゥアルトと変わらないが、本にもかなり造詣が深い上、アデリシアの知らないような分野のことについても博識だった。さすがにランダルがスタンレー家の蔵書は凄いらしいと言うだけのことはある。ジェイラントはその蔵書全てに目を通し、内容も全て頭に入れているらしい。

『本で得た知識なので、まったく実践が伴ってないですが。でも……自分の知らないことを知るのが楽しいんですよね』そう言って、ジェイラントは仕事にはまったく関係のない分野のこともすらすらと口にする。

正直に言って、触れられるのは困るが、彼と話しているのは楽しかった。アデリシアとしてではなくランダルとしてなら、彼は非常に趣味の合う好感が持てる人物なのだ。

「妹は僕と同じで本が好きです」

アデリシアは警戒しながら慎重に答えた。彼の気を惹かないように、ことさら彼と合わなさそうな部分を出していく。それにたいがいこれを言えば普通の男性は眉を顰めるだろう。現にエドゥアルトは少し顔を顰めて言った。

「女性なのに本を読むのが好きなのかい？」

アデリシアはムッとして言った。

「ええ。それが何か問題ありますか？」

「いや、問題はないが……。ああ、城の女性たちが読んでいるような小説のことだな？　それなら分かる。女性はああいった架空の話で盛り上がるのが好きなようだから」

「それも読みますが、他にも自然科学から事典、歴史、政治の本までいろいろ読みますよ」

「はぁ？　歴史や政治？」

エドゥアルトは目を丸くした。彼にとっては女性がそんな分野の本を読むのは理解しがたいことであるようだ。

「なぜ貴族の女性がそんな本を読む必要があるんだ？」

心底不思議そうにエドゥアルトは言った。だがそれはアデリシアの神経を逆なでするような言葉だった。

「働かなければならない下級の者なら確かに知識を身につけるために本を読むことも必要だろう。だが、働く必要のない貴族の令嬢がなぜ本を読む必要があるのか理解できないのだが……」

「……貴族の令嬢だって知識を身につけたいと思う人だっています」

アデリシアの下げた手がぎゅっと握られた。今と同じようなことはかつて何度も言われた。むしろ、この国ではランダルやレナルド、そしてジェイラントのように女性の読書に理解がある者の方が少ないのだ。遠い別の国では本を読むどころか、女性の作家だっているというのに。

「それが理解できない。なぜ必要もない知識を身につけなければならないんだ？」

「……もういいです」

この人には永遠にアデリシアの気持ちを理解することはできないだろう。軽い失望と共にアデリシアはそう悟った。あのジェイラントをライバル視しているくらいだから、多少は柔軟な考えを持っているかと思っていたが、その辺の男と変わらないのだ——彼も。

「とにかく、アデリシアの趣味は読書です」

アデリシアは軽いため息をつきながら言った。とにかく早くこの人との会話を終わらせようと思った。あとは簡単にアデリシアの事を述べれば満足するだろう。何しろ彼の興味を引くような人物ではないことは、本のことで証明しているようなものだから。

「それから、社交界の催し物にはあまり出席はしません。人と話しているよりは、本を読んでいる方が好きだそうで」

「へぇ、変わった女性だな。あのジェイラントの好みがそんな女だとは思いもよらなかったが……」

その言葉にもムッとするアデリシアだったが、ぐっとこらえて言った。

「趣味は人それぞれでしょう。……アデリシアについてはそのくらいですね。侯爵様、聞きたいのはアデリシアの事だけですか？　それなら僕は帰りますが」

「ああ、まてまてまて、それだけじゃないいんだ」

アデリシアが足を進めようとすると、エドゥアルトは慌てたように言って彼女の手を掴むと近くの廊下を曲がった。どうやら図書館から出てきた人がこちらに来る気配がしたらしい。

「ちょ、ちょっと！」

人気のない廊下に連れていかれたアデリシアはこのままどこかの部屋に連れ込まれるかもしれないと焦った。だが、エドゥアルトは廊下の真ん中まで進むと足を止めた。そして、アデリシアの手を掴んだまま言う。

「あまり人に聞かれたくない話なんだ」

「人に聞かれたくない話？」

碌なことじゃない予感がした。だが、続くエドゥアルトの言葉は碌なことじゃないのを通り越してとんでもないことだった。

「君に頼みがあってね。実は――アデリシア嬢に会いたいんだ。三日後の陛下の誕生記念式典が行われる前に」

「――は？」

「彼女は今スタンレー邸にいるという話だが、双子の兄である君の要請なら出てくるだろう？　一度会ってその人となりを確かめたいんだ。……の頼みを引き受ける前に」

最後の言葉は小さすぎてよく聞き取れなかったが、アデリシアは仰天してそれどころではなかった。

――アデリシアに会いたいから呼び出せ？　とんでもないことだ、それは！

「私が正面きって頼んでも、ジェイラントが首を縦に振るわけはない。だけど君の頼みなら奴も嫌とは言わないだろう。何しろ将来の義兄なのだから」

そんな事を言っても、そもそもアデリシアはスタンレー邸にはおらず、ここにこうして男装しているのだが、今の問題はそれではなかった。これはまともな要請ではない。婚約直後の女性を呼び出すなんて――非常識ではないか！

アデリシアが断ろうと口を開きかけたときだった。――氷のような声が響いた。

「お断りします」

それはアデリシアの声でも、もちろんエドゥアルトのものでもなかった。はじかれたように声の方を振り返った二人は、廊下の角のところにジェイラントの姿を認めて目を見開いた。

「ジェイラント……」

唸るような声を漏らすエドゥアルト。だがそんな彼には目もくれずにつかつかと二人に近寄ってきたジェイラントは、アデリシアの手を掴んだままだったエドゥアルトの手を払うと彼女を自分の後ろに隠した。

「何を思っての要請か知りませんが、お断りします。アデリシアに会わせることはできません。それにランダルを利用することも許しません」

その顔にいつものやんわりとした笑顔はなかった。だがそれよりもエドゥアルトのジェイラントに向ける表情の方がアデリシアには気になった。そこには太陽の貴公子然としたいつもの格好つけたような様子はなく、剝き出しの敵意が滲み出ていた。

今更だがアデリシアはある事実に気づく。二人とも頻繁にランダルに会いにきていたわけだが、今まで一度もかち合ったことがないということを。おそらくエドゥアルトがジェイラントを避けて、いや、彼のいない隙をついてアデリシアに会いにきていたのだろう。常に彼のことを意識していたエドゥアルトだ。きっとジェイラントに隠れて〝ランダル〟を自分の陣営に引き入れようという思惑があったに違いない。

鋭い視線を向けるエドゥアルトにジェイラントは淡々と言った。

「私を恨むなり憎むなりするのは勝手ですが、私以外の人を巻き込むのはやめにしてもらいましょう」

「貴様……」

「特に彼は私の大事な人の兄ですから、君のくだらない矜持のために利用するのは遠慮願いたいものです」

「くだらない矜持、だと？」

唸るような声でエドゥアルトは言った。

「ええ、そうです。君のその高すぎるプライドは少々やっかいでしたから今まで放置してきましたが、私のアデリシアと彼を巻き込もうというのなら話は別ですよ」

「高すぎるプライドだと……？」

「ええ、自分でも本当は分かっているんでしょう。何もかも自分の過ちが原因だったのにそれを認めることもできずに、私を恨んで、悲劇の主人公ぶって男に走ったんですからね。」

「貴様……！　私を愚弄するのか！　全ての原因は、お前が私から彼女を奪ったからだというのに！」

「奪った……？」

そうつぶやいたのはアデリシアだった。彼女は前に侍女たちが言っていたエドゥアルトの噂を思い出していた。その中でたしかエドゥアルトの恋人だった伯爵令嬢がジェイラントを好きになったことが破局の原因だという話が出てきていたはずだ。その時にはこの恋人をジェイラントが奪ったなんて話はなかったはずだが、もしかして……？

そう思ったら胸に奇妙な痛みを感じた。このエドゥアルトの怒る様子はそれが本当のことだと思われたからだ。だが、それをジェイラントは真っ向から否定した。

「違いますよ。奪ったわけではありません。そもそも彼女は私に気などなかったのだから。エドゥアルト、君も本当は分かってるはずだ。だけど認められないだけです」

「うるさい！　彼女は確かにお前のことが好きになったから別れてくれと言ったんだぞ！」

激昂して叫んだエドゥアルトに「ええ、言ったでしょうね」とあっさり頷いたジェイラントは、今度は振り返ってアデリシアに言った。

「ねぇ、ランダル。もし君が彼と別れたいと思ったらどういう手段を取ります？　彼は傲《ごう》岸《がん》でプライドが高い。彼から別れ話を言い出すのならともかく、女から別れたいなんて言ったって絶対に首を縦に振らないだろうというのが前提にあるとしたら？」

「え、えっと……？」

アデリシアは戸惑いながら、ジェイラントの言った事を考える。プライドが高く女から別れようという言葉には絶対に頷かない相手と、別れる方法――？

「……あ……」

分かった。つまりそれが答えなのだ。エドゥアルトがさっき言った言葉『好きになったから別れてくれと言った』が。

エドゥアルトは異様にジェイラントを敵視している。それはその伯爵令嬢のことで表面化したのかもしれないが、その前だって、同じ侯爵位を継ぐ者で、太陽の貴公子と月の貴公子と対比して呼ばれるだけあってライバルのように考えていたに違いない。恋人として付き合っていたなら令嬢はその事についてもよく分かっていたはず。だからジェイラントの名前を出したのだ。そのプライドの高さを逆手に取って。

エドゥアルトにとって、ライバルのジェイラントを好きになることは最大の裏切りなのだ。彼はきっと言ったに違いない、そんな女はこっちからお断りだと。そして二人は別れることになった。

そしてエドゥアルトにとっては自分から彼女を奪った相手だから、更にジェイラントに憎しみを抱くようになった、そういうことだろう。

「ですがね、そもそも令嬢が別れようと思った原因は、この人にあるんですよ。この人はね、伯爵令嬢と付き合っている間、何度も彼女を裏切っているんです。少し見目のいい女性に誘われるとすぐに乗っていましてね。身体だけのお付き合いの女性が沢山いたんです」

「最低」

思わずアデリシアの口から正直な感想がもれた。レナルドが言っていたエドゥアルトの好みから推測するに、きっと伯爵令嬢は大人しい性格の女性だったに違いない。彼女はエドゥアルトに従い、初めのうちは我慢して黙って耐えていたのだろう。けれど彼は浮気を繰り返して彼女を何度も傷つけた。そしてついに我慢できなくなった令嬢は別れを決意して、ジェイラントの名前を出すことでエドゥアルトから逃れたのだ。……ジェイラントにしたらとばっちりもいいところだが。

「お、お前こそどうなんだ。お前だって派手にいろいろな女性と付き合ってたじゃないか！」

アデリシアの最低発言に動揺したエドゥアルトは叫んだ。それに眉をあげて答えるジェイラント。

「言っておきますが、私は付き合っている間はその女性を裏切ることはしません。それが最低限のマナーですから。けれど君はそれすらしないで彼女を傷つけ続けた。パーティで、茶会で、君の浮気を相手の女から仄めかされて、彼女は傷ついていましたよ」

「うわ、最悪……」

女にとっては最悪の相手だろう。浮気で傷ついただけでなく女としてのプライドまでもが粉々にされたに違いない。

そして続くジェイラントの話によれば伯爵令嬢は隣国の公爵とすぐに結婚したわけではなく、令嬢を見初めた公爵が傷心の彼女をエドゥアルトの居ない場所――つまり隣国に連れて行った後、結ばれるまでにはそれなりの時間がかかったらしい。

それも当然だ、傷ついた心はそう簡単には癒やせない。男性に対する信頼を失った彼女が再び一歩を踏み出すのはそう簡単にはいかなかったはずだ。

「ところが本当に傷ついたのは令嬢の方なのに、この人は恋人に裏切られただの、私に恋人を奪われただの言い出しましてね。あげくの果てに〝自分は恋人に裏切られてこれほど傷ついたんだ〟と悲劇の主人公ぶるために、何を思ったのか男に手を出し始めた。と、こういうわけです」

ジェイラントは冷笑しながら続ける。

「この人はね、自分の非を認めることができないんですよ。自分が彼女を裏切り続けたことが原因なのに、それを自分にも他人にも認められない。だからすぐに誰かのせいにする。私のせいに、元恋人のせいに。本当は別れたい彼女が私の名前を出しただけというのは分かっているのに。……でもそれを認めてしまったら自分を責めるしかない。けれど、それこそ、この人がもっとも避けたいことなんです。自分は完全無欠で間違ったことなどしていないと思いたいばかりに」

「デタラメ言うな！　私が彼女に裏切られたことは確かだ！」

「誰も君を裏切ってなどいません。それを君は分かっているけど認められないだけ。ねぇ、エドゥアルト、なぜ伯爵令嬢が君と別れてすぐに公爵に乗り換えたなどといった、事実に反した噂を周囲に流したんですか？『女などすぐに裏切る。女なんて尻軽で誰にでもすぐ股を開く。信用ならない』なんて嘯いていた君にとってはそっちの方が都合が良かったからでしょう?」

保身。そんな言葉がアデリシアの頭の中に浮かんだ。彼が彼女と付き合っている間浮気を繰り返していた事実を知っていた人は多いだろう。その人たちは別れたと聞いて当然エドゥアルトの浮気癖が原因だと思ったに違いない。悪いのは彼の方だと。だけど彼はそれを認めることもできないし、自分が悪いだなんて状況は許せなかった。だからジェイラントと彼女が悪い、自分は恋人に裏切られてこんなにも傷ついているんだと演出する必要があった。

……だからって男に走らなくてもいいような気がするが。

「うるさい! そんなのは知らん! お前に気を移したあの女が別れを切り出した、それが真実だ!」

「そしてその原因が君にあることもね。まぁ、過去のことはどうでもいいんです。もう過ぎたことだから。けれどそのことにアデリシアとランダルを巻き込むつもりなら、話は別ですよ。君の言う真実とやらをひとつひとつ覆して根こそぎ白日のもとに晒してやりましょう」

「……」

ぎりっと歯を食いしばる音が聞こえてくるようなそんな憎々しげな表情で、エドゥアルトはジェイラントをしばし睨みつけた後、不意に顔を背けてその場から足早に去っていった。

　その後ろ姿が見えなくなると、アデリシアはジェイラントを心配そうに見上げた。

「大丈夫ですか、あれ」

「さぁ、けれど彼の肥大したプライドにはかなりの痛手でしょうね。ますます私を憎むかもしれません」

　他人事のように言ってジェイラントは肩をすくめる。

「本当に自分のプライドを守ろうとして、裏切られた自分を演出するために男に走ったんですか、あの人？」

　アデリシアには理解できない心情だ。そんな彼女の疑わしそうな口調にジェイラントは苦笑した。

「元々その気《け》はありましたからね。おおっぴらにはしていませんでしたが、好みに合って自分を崇拝してくれるなら女でも男でもという人でした」

　だから男に走るのも抵抗がなかったというわけだ。どっちにしろ、アデリシアには理解できない人種であることには違いない。

「それより、ランダル。手を見せて下さい」

　ジェイラントはアデリシアに身体ごと向き直り、彼女の手を取った。その肌が触れ合う感触に、ほんの少しだけ腰の中心に甘い痺れが走る。

「こっち、握られていましたね。赤くなってますよ」

そう言われて自分の手首に視線を落とすと、エドゥアルトに廊下まで引っ張られた時に強く手を摑まれたせいか、右の手首がうっすらと赤くなっていた。

「本当だ。けれど、もともと色が白いからすぐに赤くなるってだけなので、心配はいりません」

けれど、ジェイラントは眉を顰めて言った。

「貴女に触れただなんて、しかも跡をつけるだなんて腹立たしい。……私のものなのに」

「え？」

最後がよく聞き取れずに聞き返すがジェイラントは首を振って言った。

「いえ、何でもないです。そうだ、君に少し話があるので、時間を下さい」


そう言って連れて行かれたのは城にあるジェイラントの部屋だった。

彼や宰相のような城で働く上位の貴族には、城にも個人的な部屋が用意されている。時には夜遅くまで仕事をしなければならないからだろう。屋敷に帰らずにここで一晩泊まることも時々あるのだとか。

そのジェイラントの部屋は当然ながらアデリシアの下宿先の部屋より上等だった。そこそこの広さに、十分な大きさのベッドと机、ソファにテーブルまでもが備わっていた。それらの調度品はシンプルながら品質のよいもので、よくよく見ると目立たない部分にまで彫刻が施されている。薄い水色を基調としたその部屋はさすが侯爵位の者に与えられる部屋だと思った。

ソファに導かれ、周りをキョロキョロと見回して、彼女はジェイラントに尋ねた。

「あの、話とは一体？」

部屋に二人きりという、アデリシアであったら警戒しなければならない状況だが、さっきエドゥアルトから助けてくれたということもあり、すっかり警戒心は薄れていた。この人が男色ではないという確信も不本意ながらアデリシアとの婚約から得ていたので、身の危険はないと安心していたせいもあるだろう。

「三日後に国王陛下の誕生記念式典が催される予定です」

「ええ。みなさん、準備に大忙しですよね」

アデリシアの勤める王室図書館は式典の準備にはまったく関係ないが、いつものように本の回収作業に行くとどこでもみんなその準備におおわらわのようだった。本を借りに来る人数も激減している。その忙しさに紛れてあっという間にジェイラントとアデリシアの婚約の噂が下火になったのは、彼女としては不幸中の幸いだった。

「王室図書館は当日はお休みですよね」

「はい」

式典の最中に本を読みに来る人間などほとんどいない。そもそも式典に出席する人が多いため、侍従、侍女や女官、警備を担当する兵士や騎士たちはともかく、文官として働く人間の大部分もその日は普段の仕事は休みを取る事になっていた。

「その日、君に私の婚約者として式典や舞踏会に参加してもらいたいと思ってます」

「は……？」

アデリシアは何を言われたのか分からず、向かいのソファに腰を下ろして微笑んでいるジェイラントをポカンと見つめた。そんな彼女にジェイラントは更に言った。

「いい機会なので、その式典の挨拶の時に陛下たちに貴女を紹介しようと思っています」

ようやく何を言われているのか理解したアデリシアは全身の血が引く思いだった。ジェイラントが話しているのはランダルのことではない。アデリシアのことだ。それの意味するところは……。

アデリシアはごくっと唾を飲んで言った。

「あ、の、それは、僕に女装してアデリシアになれと……いうことですか？」

認めたくなくて、一縷の望みをかけて言ってみる。だが、ジェイラントはあっさりその望みを一蹴した。

「いいえ？　女装の必要などありません。アデリシアとして出席してもらいますよ――

ねぇ、私のアデリシア？」

　その顔に深い深い笑みが刻まれる。だがその目の奥に、あの夜見た情欲の篭もった色を見たアデリシアは、目の前の男が完全にアデリシアの正体を摑んでいるのを悟った。

「……知って……？」

「もちろん、最初から分かっていました。私が貴女を見間違えるわけないでしょう？」

　アデリシアはギュッと目を瞑った。なぜこの人がランダルである自分にあれほど馴れ馴れしかったのか、その理由が分かった。最初からアデリシアだと知っていたのだ。知っていて――何も言わなかった。

「……なぜ、黙ってたんですか？」

　震える声で尋ねる。

「その方が都合が良かったからです。貴女があちこち逃げてそれを追いかけるよりは、近くの私の力の及ぶ範囲内にいてもらった方がいいですから」

　その言葉を反芻して、アデリシアは唇を噛み締めた。ずっとこの人の掌の上だったのだ。この人が何も言わなかったのはアデリシアが居ない間に婚約を成立させて、彼女を逃れることのできない、反対の声を上げたくても上げられない状況に追い込むためだったのだろう。

　アデリシアは目を開け、憎たらしいほどの笑みを浮かべる相手を睨みつけた。

「私はあなたとは結婚しません！」

「しますよ。私が貴女を逃すとでも？」

「……っ、逃げるわ、逃げてみせますとも！」

「へぇ、今の職場を放棄してですか？　ランダルの職もフイにして？」

その言葉にアデリシアはグッとつまる。そう、そんなことはできない。女であることを承知でランダルが戻るまではと雇ってくれたレナルドのためにも、途中で投げ出すわけにはいかないのだ。……腹が立つくらい、ジェイラントは彼女の律儀な性格を把握しているらしい。

徐々にジェイラントの手の内に追い込まれているような錯覚を覚えながらもアデリシアは歯を食いしばった。

「式典になんて絶対出ません！　あなたの婚約者としてだなんてとんでもない。私は認めてませんから！」

「いいえ、出てもらいます」

対するジェイラントは余裕の態度だ。アデリシアの怒りと反抗など子猫に引っかかれる程度にしか思っていないのだろう。

「縄をかけて引っ張っていくとでも？　さぞかし見ものでしょうね」

「縄など必要ありません。貴女には大人しく私の傍らにいてもらうつもりですから」

「私が大人しく従う？　絶対にないわ！」

「いいえ、貴女は従いますよ」

そう言うとジェイランントはさっと立ち上がってアデリシアの前に来ると、彼女の脇の背もたれに両手をついた。ソファに閉じ込められたアデリシアの喉がひくりと鳴った。ランダルとしてならこんなに近づいたことはいくらでもある。でもこれはそれらとは違った。なぜならジェイラントははっきりとした劣情《れつじょう》の炎を目に浮かべて見下ろしていたからだ。

「アデリシア、貴女に選ばせてあげよう」

艶やかな笑みを浮かべてジェイラントが言った。

「大人しく私の婚約者として式典と舞踏会に出席するか、もしくは今からここで私に抱かれるか、そのどちらかを」

アデリシアは目を見開いた。けれど、彼の発言に対する衝撃よりも、なぜか目の前に迫るジェイラントの吐息に、その言葉に、彼の麝香の香りに、ズクンと子宮が疼くのを感じた。じわりと胎内で蜜が溢れる。

「ああ、もちろん、抱いた後は貴女を私の屋敷に連れ帰って寝室に閉じ込めるつもりです。貴女が私の子を孕むまでね」

孕むまで。ふるりとアデリシアの身体が震えた。だがそれは恐怖ではない。背中を走った奇妙な痺れのせいだった。……酷いことを言われているのに、その言葉に官能が芽生える。お腹の奥がざわつく。

「もちろん、私はそっちでも構いません。いえ……むしろそっちの方がいいかな？　もう二ヶ月も貴女に触れていないし、貴女も私に抱かれ続けて子を孕めば私から逃れる気もなくなるでしょう？」

ひくりと喉が鳴った。目の前の男の執着が怖いのではなく、男の言葉に反応していく自分の身体の方が怖かった。そんな事になったらこの身は喜んで男を受け入れてしまうだろう！

「や、やめて下さい」

アデリシアは手でジェイラントの身体を押しのけようとした。だがビクともしない。そんな彼女にジェイラントはますます迫って言った。

「さぁ、選びなさい。アデリシア。どちらを選ぶのか。式典に参加する？　それとも――？」

「い、行きます、式典に参加しますから！」

叫んだ瞬間、負けが決まった。いや、そもそも勝ち目など最初からなかったのかもしれない――

ジェイラントが身を起こした後、脱力したようにソファに沈むアデリシアに、憎たらしいほど楽しげな笑みを浮かべて彼は言った。

「それでは当日の朝、貴女を迎えに人を寄越しますから、我が家に来てドレスに着替えて下さい。マーチン伯爵夫人が貴女のために誂《あつら》えた大変美しいドレスですよ。それを着た貴女を見られるのが楽しみです。それから二人で登城しましょう」

アデリシアは何も言わない。……言えなかった。承知するとも拒否するとも。

「それと、分かっているとは思いますが、逃げても無駄ですからね。貴女がどこに行っても必ず捕まえます。今度逃げたりしたら、私の寝室に監禁しますので、そのつもりでいて下さい。貴女が二度と逃げる気を起こさないように、その身に刻み込んであげます――貴女は私のものだとね」

びくんとアデリシアの身体が震えるのを見てジェイラントは目を細めて更に言った。

「それと、貴女の気が楽になるように、言っておきましょう。……貴女が私の婚約者として大人しく式典に出ないなら、私は貴女が男装して城で働いていたことを曝露《ばくろ》します」

「なっ……！」

「ご両親は非難されるだろうし、いい笑いものになるでしょうね。貴女の姉上のレフィーネ嬢の結婚も難しくなるに違いない」

「わ、私を脅すんですか……？」

そんなことになったら婚約者であるジェイラントだっていい笑いものだろうが、彼にはそんなことはどうでもいいのだろうか。

「ええ、必要とあらば」

そう言って笑う目の前の男が悪魔に見える。そんなアデリシアに口を寄せて彼は囁く。

「だから貴女は私に脅迫されて仕方なく式典に出るんだと思っていればいいんです。恨んで怒って、けれど自分の意思でここにいるんじゃないと思っていれば」

アデリシアは膝の上でグッと掌を握り締めた。本当にこの男は嫌になるくらいアデリシアを知っている。アデリシアにとっては自分で選択して式典に出るのだと思うより、脅迫されてしぶしぶ出ているんだと思う方が楽だということを分かっているのだ。

「あなたなんて……嫌いです」

アデリシアはいつの間にかそうつぶやいていた。だが、ジェイラントはまるで反対のことを言われたかのように目を煌かせて笑って言った。

「それでも構いません。私は貴女が大好きですよ」


アデリシアがジェイラントの部屋で式典に出るよう強要されていたちょうどその頃。

城の別の場所で、エドゥアルト・フォルトナー侯爵が自分に与えられた部屋に従者を呼んで、今しがたしたためた手紙と伝言を彼に言付けていた。

「アリーサ嬢に、この手紙と共に例の件、承諾したと伝えろ」

「かしこまりました」

部屋を出て行く従者を見送るエドゥアルトの目は昏い炎を宿していた――。

9　式典と舞踏会

式典当日、スタンレー家に到着したアデリシアはそこにリンゼイと侍女のマリエラの姿を見つけて驚いた。

「スタンレー侯爵に頼まれたの。アディの支度を整えてやって欲しいって。気心が知れた私たちがいた方がアディも気が楽だろうって」

リンゼイはくすくす笑った。

「ねぇ、スタンレー侯爵ってば私に言ったのよ。アディと結婚後も変わらずに友達付き合いを続けて欲しいってね。私の家がちゃんとした貴族じゃなくても気にしないみたい。アディの周りを固めるために、私を取りこもうって寸法かしら」

そう言いつつ、嬉しそうな様子のリンゼイだ。マリエラもおずおずと言った。

「あの、私も侯爵様とお嬢様が結婚されたら、こちらに勤め先を移して、引き続きお嬢様のお世話をして欲しいと言われました。かなりいい条件で」

「……こうしてどんどん周りを固められていくわけね」

アデリシアは疲れたようにため息をついた。

この二日間、怒りと諦観の間を行ったり来たりしていたアデリシアだったが、ここにきて諦めの境地に達していた。自分の身体は信用できないし、彼は脅すという方法でアデリシアをいつでも屈服させることができるのだ。

「このまま結婚させられるのかしら？」

マリエラにドレスを着付けてもらいながらポツリとつぶやくと、髪飾りを選んでいたリンゼイがふと顔を上げて真剣な眼差しをアデリシアに向けた。

「私はアディと侯爵はよく話し合うべきだと思うわ。だって、あの人がアディのこと好きなのは確かだもの。アディだって初恋のあのことがなければきっとわだかまりなく応じていたと思う。だからお互いどう思っているのかよく話し合うべきよ」

「それ、上司のレナルドさんにも言われたわ……」

あの次の日、ジェイラントにはアデリシアであることはとっくにバレてて、更に式典に出ることを強要されたと、暗い顔でレナルドに報告したとき、彼は、

「あらら。まぁ、そんなもんでしょう」

と大して驚いた様子もない反応を示した後、同じようなことを言っていたのだ。

「いい機会じゃないの。これを機にあんたたちは腹を割って話し合うべきだとアタシは思うわ。あんたは逃げるばっかりで自分の心にも相手の心にも向き合おうとしなかったし、侯爵は侯爵で逃げるあんたを縛る為に強引な手を使う。その結果あんたはさらに逃げようとする。これじゃ何も解決しないわよ」

「……」

アデリシアはレナルドから視線を外してそっと目を伏せた。自分が逃げているだけだということは自覚しているからだ。だが、言わせてもらえば、アデリシアが逃げたのはジェイラントや家族が彼女の意思を無視しようとしたからだ。そうでなければ自分だって——。

だがそこまで思ったアデリシアはふと自問した。——本当に？

アデリシアが思い出したのは、あの夜這いの日にジェイラントが言っていたことだった。なぜこんな手段に出たのかその理由として、アデリシアが彼を避けていたからだと言っていた。……その通りだ。アデリシアは彼を避けていた。意識的にも無意識的にも。逃げていたと言ってもいい。だからこそ夜這いのような事態になったのではなかったか？

……意地を張ったりしなければもっと違う道があった……？

「レナルドさんが私は逃げるばかりで自分の心にも相手にも向き合ってないって」

「そうね、その上司の言うとおりだと思うわ」

リンゼイは軽く結い上げたアデリシアの髪に、淡いピンクの花飾りを挿しながら言った。

「それ以前にアディは初恋の痛手から目を逸らすために本に逃げていると思うわ」

「本に……逃げている？」

アデリシアはびっくりした。まさかそんな事を言われるとは思っていなかったからだ。

「そう。現実を見ようとしないで本に逃げている部分があるの。私も本を読むのは好きだし、アディの本が好きだっていう気持ちもわかる。だけどね、現実あってこそよ。現実から逃れるために本にのめり込むのはもう終わりにしないとね」

リンゼイは優しくそう言うと、「できたわ」と満面の笑みを浮かべて腰に手を当てた。

「うん、あなたのお母様の審美眼は確かだわ。このドレス、あなたの瞳の色に合わせてあって、よく似合ってる」

アデリシアが鏡に向き直ると、そこには瑠璃色の鮮やかなドレスを纏った、レフィーネとよく似た女性が映っていた。当代風の深い襟ぐりのドレスで、前身ごろには濃紺の糸で縫われた刺繍が繊細な模様を描き、ゆったりとした袖ぐりには刺繍と同じ色のレースがあしらわれている。幾重ものドレープで覆われているスカートの裾には、濃紺のレースのリボンで襞《ひだ》を寄せてあり、大人っぽい雰囲気の中に可愛らしさが演出されていた。普段はほとんど手入れをしないせいで地味な印象を与えていた顔には化粧が施され、人目を引く大人びた美しい造形に変わっていた。

「すごく綺麗ですよ、お嬢様」

「素材がいいから化粧も映えるのね。みんながあっと驚く美人の出来上がりよ」

「ありがとう。リンゼイ、マリエラ」

それもこれもドレスだけではなく、そのドレスに合わせた髪形や装飾品、そして化粧に至るまですべて整えてくれた二人のおかげだった。

だが、これだけしてくれたリンゼイなのに、彼女は式典や舞踏会には出席できない。今回の式典は準男爵の令嬢である彼女の席は用意されていないのだった。

そんなのは間違っているとアデリシアは思う。彼女は誰よりも賢く美人で素敵な淑女《レディ》なのに。身分が低いというだけで扱いが違うだなんて。けれどリンゼイは笑って言う。

「肩身の狭い思いをしてまで出席するより、招待されない方が楽だわ。全然気にしてないからアディも気を使わないで。それに、将来もしかしたらいい身分の旦那様を捕まえられたら、夫人の身分で出席できるかもしれないじゃないの。そうだわ。アディ経由でスタンレー侯爵にいい人でも紹介してもらおうかしらね。そんな物好きな人がいれば、だけどね」

ころころと笑うリンゼイの顔を見ていたら不意に思いついたことがあって、アデリシアは言った。

「伯爵家の嫡男で、そこらの女性より美人でいいというなら心当たりがあるわ。女言葉使うけど。でもリンゼイは気にしないでしょう？」

「それってまさか……」

目を丸くするリンゼイに、アデリシアはにんまり笑う。

「そうよ、私の上司のレナルドさんよ。変わり者だからきっとリンゼイと話が合うと思う」

ジェイラントに式典に出るように強要されて以来、初めてと言っていいほど明るい気分になってアデリシアは言った。

「いつか紹介するわね。それに、そういった意味でなくてもすごく興味深い人だから、ぜひリンゼイに会わせたいの」

「それはいいですね」

不意に第三者の声が割り込んできた。ビックリして振り返った三人は戸口に正装したジェイラントの姿を発見した。

「侯爵様、女性が支度をしているんですよ。ノックくらいして下さい」

アデリシアは思わず口を尖らせる。けれどジェイラントはいつもの柔らかい笑みを浮かべたまま言った。

「一応ノックはしたのですが、お話し中のようで聞こえなかったのですね。失礼しました。……ところで今の話は非常にいい話だと思いますよ。領地で静養中のクラウザー伯爵は、

『妹が全員片付くまで結婚なんて考えられない』と宣言している息子の結婚相手には、たいへん苦慮しているようですからね」

まさかのジェイラントにまで後押しされたリンゼイは目を丸くした後、苦笑した。

「それじゃあ、そのうち紹介してもらうとしますか。どうなるかは分からないけれど、アディの話だと友人くらいにはなれそうだものね」

「ええ、近いうちに必ず」

にこやかに笑うジェイラントに、これもリンゼイを取り込もうとするひとつの手なのかとアデリシアは胡乱な目を向ける。だが、この件に関しては言いだしたのは自分である。ジェイラントの思惑がどうであれ、リンゼイが幸せになれればいいのだ。

ふと、アデリシアの視線を感じたかのように、ジェイラントの目が彼女に向いた。目を煌かせて破願するジェイラント。

「綺麗ですよ、アデリシア。そのドレスも似合っています」

「あ、ありがとうございます」

正面きって褒められてつい赤くなる。賞賛には慣れていないのだ。それに、濃紺の生地に金の刺繍《ししゅう》を施した上下に身を包んだこの人の方こそ、賞賛されるべきだろう。自分など霞むくらいの麗しさだ。

「ドレスの色は貴女の瞳と同じ瑠璃色ですね。私の好きな色です」

その言葉にアデリシアとジェイラントを交互に見たリンゼイは声を上げた。

「あ、もしかして侯爵様の髪のリボンはアディの瞳の色？」

「ええ、そうです。色を合わせています」

「まぁ、素敵！」

アデリシアはジェイラントの髪を結んでいるリボンにちらりと目をやって、そこに瑠璃色を見つけて、更に顔を赤らめた。あの色のリボンをジェイラントが使い始めたのはかなり前のことだ。……偶然？　それとも、そんなに前から……？

アデリシアの胸にポッと温かいものが灯った。それと同時に思い出したのは、レナルドとリンゼイの言葉だった。

『あんたたちは腹を割って話し合うべきだと思うわ』

『お互いどう思っているのかよく話し合うべきよ』

確かにそうだと思った。自分たちには話し合うこと、お互いを知り合うことが足りていない。その原因は……やはり自分だろう。避け続けて向き合うことをしなかった自分が。

「では準備もできましたので、出発しますか。アデリシア」

そう言って差し伸べてくるジェイラントの手に、アデリシアは逡巡した後小さく頷いて自分の手を委ねた。

今年の誕生式典は、国王陛下の在位二十年という節目にあたり、例年よりもはるかに規模が大きかった。毎年誕生式典なるものは開かれていたが、上位の貴族が挨拶に向かうくらいで、王がバルコニーに出て群衆に手を振るくらいがせいぜいだった。けれど今年は諸外国から賓客を招いての式典と舞踏会が行われる予定だ。

よりにもよってそんな時に婚約の挨拶をせねばならないなんて、誰が想像しただろうか。だが、ジェイラントにとっては大勢の前で披露することにより、アデリシアとの婚約をより確たるものにしたい思惑があるようだった。

どこに行っても婚約者として、対で扱われた。一緒にいるのは陛下への挨拶の時だけかと思ったらとんでもない。ジェイラントは一時もアデリシアから離れることはなかった。おかげで式典に来ているはずの家族を探すこともできない。そうして家族に会うことのないまま、国王陛下への挨拶に向かうこととなった。

——アデリシアを大勢の人が見ていた。

謁見《えっけん》の間の、玉座の手前まで続く赤い絨毯《じゅうたん》の上をジェイラントに手を取られて歩きながら、アデリシアは無数の視線が自分に突き刺さるのを感じていた。

「あれが……」「レフィーネ嬢とよく似ているな」「侯爵の婚約者の……」

そんな声があちこちから聞こえた。アデリシアは緊張に震えそうになる足を何とか動かしながら、粗相だけはしたくないと思った。

「私がいますから、大丈夫ですよ。それに陛下はとてもおやさしい方ですから」

ジェイラントが前を見ながら囁く。

「はい……」

そう返事をしながらも、残念ながらアデリシアの気が休まることはない。なぜならアデリシアが最も恐れているのは、陛下自身ではなく、この物見高い観客の前で失敗をすることなのだから。アデリシアは一応貴族の令嬢として礼儀作法は叩き込まれていた。だが、社交界の催しにはめったに出なかったため、それを披露する機会がなかった。それなのに、慣れる機会もなくいきなり陛下への挨拶だ。

こんなことなら面倒がらずに社交界の催しにも多少は出ておくんだった！　そう後悔したが、すべては後の祭りだ。

アデリシアはジェイラントに支えられ、自分を叱咤しながら謁見の間を歩いていった。この通路の両脇に大勢いる貴族たちの中に両親やレフィーネもいるだろう。レナルドも。……フォルトナー侯爵や、そして、アリーサ・ヘンドリーも。

玉座に近い位置にいるのは高位の貴族たちだ。そしてそこを通り過ぎようとしたとき、アリーサの姿が目の端に映ってアデリシアの歩調が一瞬だけ乱れた。

「大丈夫です」

アデリシアの震えを感じ取ってジェイラントが囁く。頷きながらも、アデリシアはアリーサの自分に向ける憎しみの宿った昏い目を思い出して、背中に冷たいものが走るのを感じた。

やがてアデリシアとジェイラントは玉座の前に行き着いた。アデリシアは膝を折り、ドレスの裾を手でつまんで頭を下げる。隣で陛下に話しかけるジェイラントの声が朗々と響いた。

「陛下の四十四歳のお誕生日、並びに在位二十年にあたり、謹《つつし》んでお祝いの言葉を申し上げます」

「おお、スタンレー侯爵。先日婚約したそうだな」

めったに聞く機会がない国王の声だった。

「はい。このよき日に私の婚約のご報告ができること、恐悦至極に存じます。私の婚約者アデリシア・コレット・マーチン伯爵令嬢です」

「マーチン伯爵のご令嬢だな。顔を上げなさい」

「はい」

アデリシアはごくっと息を飲むと、ゆっくり顔を上げた。王位についてから二十年の間、この国を支えてきた国王は、精悍《せいかん》というよりやさしい面差しをした壮年の男性だ。だが政治手腕に優れ、この国をかつてないほどに発展させているのも、この国王だった。

「アデリシア・コレット・マーチンと申します。国王陛下の四十四歳のお誕生日、並びに在位二十年にあたり、謹んでお祝いの言葉を申し上げます」

　震えそうになる声をおさえて、何とかまともな声を出すことに成功する。

「うむ。この国の発展も宰相やスタンレー侯爵が励んでくれているからこそだ。その彼をこれからも支えてやってくれ」

「はい」

　たったこれだけのやり取り。けれど、これでアデリシアはスタンレー侯爵の婚約者として王家やここにいる大勢の貴族の前で認められたことになるのだ。

　謁見が終わり、玉座にほど近い位置にジェイラントと共に立ち、諸外国の使者や国内の貴族が次々に国王に祝いの言葉を奏上していくのを聞きながら、アデリシアは自分がジェイラントという網にかかり、もう戻ることも逃げることもできない状況になっているのをひしひしと感じていた。


　やがて式典は終わり、舞踏会が始まった。

　国王と王妃のファーストダンスが披露された後、貴族たちがそれぞれのパートナーの手を取って前に出て、音楽に合わせて身体を揺らしている。豪華なシャンデリアの下で、煌びやかなドレスと礼服を纏った男女が踊り、あるいはお酒を手に笑いさざめきながら談笑をしている図は、こういう場に慣れていないアデリシアにはまるで「舞踏会」という名前の絵画を見ているようであった。

マーチン家でもパーティが開かれることがあるし、親戚の家でももちろんある。けれど、城での舞踏会はその規模が違った。広間の他にあちこちでも舞踏の場が設けられていて、城の中庭でも、薄暗い中ランプの火に照らされて若い男女が寄り添って身体を揺らしているのが見て取れた。

だがそれらをゆっくり観察している暇はアデリシアにはない。彼女としてはいつものように壁の花になりたかったのだが、ジェイラントがそれを許すはずもなく、広間の中央に引っ張られてダンスを披露させられるはめになったのだ。

「ようやく貴女と踊れましたね」

アデリシアをリードしながら、ジェイラントが嬉しそうに笑う。

あの夜這い当日のパーティでジェイラントからのダンスの誘いをけんもほろろに断ったことを思い出し、アデリシアはばつの悪い思いで首をすくめた。レフィーネへの義理で誘ってきたとばかり思っていたあの日。まさかあの時はこんなところで婚約者としてダンスをすることになるとは夢にも思っていなかった。

「しばらく踊っていましょう。その方が煩わしくなくてすむから」

注目を浴びながら、ぴったりと身体を寄せ合い踊るのはアデリシアにとっては恥ずかしいことこの上なかったが、それでもひっきりなしにいろいろな貴族から声を掛けられることに比べればいくらかはマシだろう。何しろ今をときめくスタンレー侯爵とその婚約者だ。踊りの輪から外れたとたんに方々から声が掛かるのは必至だ。愛想笑いをするのは得意ではないので、それくらいならジェイラントと踊っていた方がいい。

二人はしばらくの間、注目を浴びながら踊り続けた。その様子を見つめる人々の中に、自分たちを狙う者たちがいるのを知らずに。

「いいね、実にいい」

広間の片隅で、踊るアデリシアを見つめるエドゥアルトの目が妖しい光を宿した。反対にその傍らでアデリシアを見ているアリーサの目は憎々しげだ。一人の女性と一曲しか踊らないことで有名だったジェイラントが、アデリシアとは笑顔で何曲も踊っているのだ。嫉妬で目の前が真っ赤に染まりそうだった。

「気に入ったのなら結構だわ。二度とジェイラント様の前に姿を現せないようにしてあげてちょうだい」

「アディ」

アデリシアがレフィーネに声を掛けられたのは、舞踏会もたけなわの頃だった。別室でジェイラントの上官である宰相夫妻と共に料理を頂いたのち、再び広間に戻った時のことだ。レフィーネは婚約が整いつつある相手、アンドレ・レイディシアを伴っていた。

「姉さま」

アデリシアが姉と会うのは家出をしたあの日、父親の書斎で会って以来である。薄紫色のドレスを纏ったレフィーネは相変わらず美しかった。けれど今レフィーネはその美しい顔を曇らせ、どこか許しを請うような目でアデリシアを見つめていた。

「アディ、私……」

何か言おうとして口ごもる。

「つもる話もあるでしょう。私たちは席を外しています」

アデリシアの隣にいたジェイラントがそう言って、アンドレ・レイディシアを伴って離れていった。二人の姿が見えなくなると、レフィーネはアデリシアに向き直った。

「心配したわ、アディ。家出をして、ランダルの代わりに城で働くなんて……」

「姉さま……」

アデリシアは眉間に皺を寄せた。ジェイラントが告げたのか、どうやらアデリシアが男装していたことは実家には筒抜けだったようだ。それでも何も言ってこなかったのは、アデリシアを婚約成立まで大人しくさせておいた方がいいと思ったから？

だがアデリシアのそんな表情を見て何を考えたのか気づいたらしいレフィーネは、首を横に振って言った。

「いいえ、私たちがそれを知ったのはつい数日前よ。私もお父様もずっとアディはベイントン邸にごやっかいになっていると思っていたの。何度か手紙を出したのだけど、ベイントン家からはアディはここには居ないっていつも言われて……まだ私たちのことを怒っているのだと思っていたわ」

アデリシアは唇を噛んだ。家族がジェイラントに協力して夜這いをさせたことも、自分の意思を無視して結婚を強要したこともちろん怒っていた。今でも怒っている。だけど怒りより悲しみ、そして姉に対しては裏切られたという思いが大きい。だからアデリシアとしては一度もレフィーネに手紙を送らなかったのだ。心配しているのは分かっていたものの、どうしてもその気になれなかった。

「姉さま。答えて下さい。どうして侯爵様に協力して夜這いなんて……」

両親ならわかる。常々アデリシアの将来を心配していた彼らのことだ。ジェイラントに丸め込まれて、どうせ結婚するのだからと軽く考えて夜這いの舞台を整えたに違いない。けれどレフィーネは違う。確かに心配はしていたが、それは本に熱中しすぎる嫌いがあることと、アデリシアが社交のすべてに背を向けていることに対してだ。だから彼女を結婚させるために、まさか夜這いに協力するとは思いもしなかった。

レフィーネは自分を恥じるようにそっと目を伏せて言った。

「言い訳にしか聞こえないと思うけど、まさか本当に侯爵があなたの純潔を奪うとは思ってなかった。確かにアディの部屋は教えたわ。だけどそれはあなたとじっくり話し合うためだとばかり思っていたの。もちろん、お父様たちに『未婚の娘が寝室で男と一緒に過ごした』という既成事実を作ってあなたを結婚に追いやろうという意図があったことは否定しないわ。でも決してあなたの純潔を売り渡したわけじゃない。単なるこじつけになるはずだった事が本当に既成事実となってしまったことを聞かされて、私とお父様は仰天したわ。結局お父様はどうせ結婚するんだからと簡単に許してしまったけど、私は何てことに手を貸してしまったのかと思った」

「……姉様は、どうしてそこまでして侯爵様に……？」

結婚に追いやろうという意図があったにしろ、家族が夜這いを斡旋したわけじゃないことは分かった。けれどどうしてそこまでしてジェイラントに肩入れするのかわからなくて尋ねると、レフィーネは困ったような、それでいて慈悲深い眼差しをアデリシアに向けた。

「私はねアディ。あなたのお姉さんなの。だから三年前、クラウザー邸であなたが何か辛い思いをしたのを知ってるわ。あなたは何も言わなかったけれど」

アデリシアは目を見開いた。まさかレフィーネが知っているとは思っていなかった。アデリシアは初恋のことに関してはレフィーネには何も告げていなかったのだから。

「あれ以来、まるで現実に目を塞ぐかのように本以外の興味をなくしてしまったわね。それまでのあなたは社交的ではなかったけれど、他のものにも女の子らしく興味を持っていたのに。ドレス、宝石、お化粧品とかにもね。けれど、あの時以来、本にしか目を向けなくなってしまった」

不意に思い出したのはリンゼイの言葉だった。彼女も同じようなことを言っていた。——本に逃げていると。

「ずっとどうにかしてあげたいと思っていたの。だけど、あなたはますます内に篭もるばかり。そんな時にスタンレー侯爵に話を聞かされて——アディを癒やせるのはこの人しかいないと思った。だから強引な手だと思ったけど、協力したのよ」

そこまで言ってレフィーネは急にうな垂れた。

「……でも、アディにとっては不意打ちで、しかもどんな形であれ、名誉を傷つけられることには変わりないわ。あなたが怒って家出して、ようやくその事に思い至ったの。それまではあなたたちの恋の橋渡し役をしている気でいたから」

「姉さま……」

「ごめんなさい、アディ」

アデリシアは「ううん」と首を横に振って、レフィーネの手を取った。ジェイラントのことだ。両親やレフィーネに『自分たちは相思相愛の仲。けれど誤解があってアデリシアに求婚に頷いてもらえないし、避けられている』とか何とか言ってうまく丸め込んだに違いない。

「私の方こそ、心配をかけてごめんなさい」

アデリシアは自分にも問題があったことに気づいた。リンゼイの、レフィーネの言うとおりだ。アデリシアは初恋の時に受けた傷から目を逸らすために本に逃げていた。いや、傷ついたからこそ、本に逃げた。本の中ではどんなに辛くても幸せが約束されていたから――。それに夢中になることで現実から逃げていたのだ。

「アディ、ありがとう」

アデリシアの許しを得てレフィーネが目を細めて嬉しそうに笑った。けれど次の瞬間にはいたずらっぽい表情になって言った。

「けれどね、おせっかいを承知で言わせてもらうわ。スタンレー侯爵はあなたが考えている以上にあなたのことを愛しているわ。これは確かなことよ。……ああ、キューピッド役はこれっきりにするから、そんな渋い顔しないで。本当に最後だから。……だから、アディも過去に受けた傷に惑わされないで彼を見て欲しいの。スタンレー侯爵の過去ではなくて、これからを見てあげてちょうだい。ね?」

「……分かったわ」

アデリシアは頷いた。

彼女にとってレフィーネは憧れの人だった。それと同時に羨ましくもあった。レフィーネのように社交的で誰からも好かれる人間だったらと、思わずにはいられなかった。でもそれを本に逃げることでごまかしていたのだ。仕方ない、それに、私には本があるからって。

　そして今、新たな気持ちで見てみれば、相変わらずレフィーネは憧れの人で、そしてちょっぴり羨ましくもあった。だけど、前よりその距離がほんの少し、縮んだようにも思えるアデリシアだった。


　ほどなくしてアンドレ・レイディシアが戻ってきた。だが、その隣にジェイラントはいない。何でも、急に呼び出されたとのことで、席を外してしまったのだそうだ。しばらく二人と話をしながらジェイラントの帰りを待っていたアデリシアだったが、二人が帰る時間が近づいているのを知って言った。

「私のことなら心配は要らないわ。このままここでジェイラント様の戻りを待ちますから」

　ランダルの下宿先もスタンレー邸も王都内にあるし、侯爵とその婚約者であるアデリシアには城に部屋も用意されているのですぐに帰れるが、姉たちはそうもいかない。マーチン邸もレイディシア邸も郊外にあって少し時間がかかるのだ。

　心配そうな二人を強引に帰し、広間の出入り口近くで見送っていると、それと入れ替わるようにして、レナルドが現れた。

「あら、あんた一人？　侯爵は？」

　ジェイラントの正装もすごかったが、この人の正装もすごかった。瞳の色に合わせたのか、濃い紫色の上着に、白いクラバットを合わせている。幅広のカフスの部分もそれに合わせたのか、何と白いレースが縫いこまれてあった。

「誰かに呼ばれたとかで、さっきから帰ってこないんです」

　実は少し心配になり始めていたアデリシアだったが、眉を顰めたレナルドの様子でいっそうその不安がつのる。

「おかしいわね。こんなに早々あんたの傍を離れるわけないいんだけど。離れたとしてもすぐに戻ってくるはずで……」

　そう言って何かを思案するようにレナルドは口を噤んだ。やがてアデリシアを見下ろすと真剣な眼差しで言った。

「ちょっと探してくるわ。何か嫌な予感がするから。ああ、あんたはここにいなさい。離れちゃだめよ。他人にホイホイついて行かないように。たとえ顔見知りでもね」

「むぅ、子供じゃないですよ！」

　思わず抗議するアデリシアに、けれどそんな抗議を無視してレナルドは念を押した。

「絶対ここから離れないで。いいわね！」

「わ、わかりました」

迫力に押されて頷くと、レナルドは満足気に頷いて、足早に広間から出て行った。それを見送りながら、アデリシアは不安に揺れる胸をぎゅっと押さえた。

……何かあったんだろうか。レナルドの言葉ではないが、こんなに長くジェイラントがアデリシアのもとを離れているのはおかしい気がした。今日一日どんな場面でもアデリシアから離れなかった彼がだ。

——胸騒ぎがした。

もしかして自分も探しに行った方がいいのではないだろうか。けれど、レナルドにここを離れるなと言われた手前、この場から動くわけには……。

「こんばんは」

不意に背後から声を掛けられて、アデリシアは飛び上がりそうになった。この声は……！

恐る恐る振り返るアデリシアの目に映ったのは、金色の刺繍もあざやかな白い礼服姿のエドゥアルト・フォルトナー侯爵だった。相変わらずの派手な容姿だ。

「こんばんは」

礼儀上そう返答をしながらも、アデリシアは警戒した。ジェイラントに見当違いの恨みを抱いている彼が、その婚約者であるアデリシアに好意的な意味で近づくはずはない。ランダルを使って呼び出そうとした件もある。

「私はエドゥアルト・フォルトナーと言います。君の双子の兄上とは親しくさせてもらっているんですよ」

にこっと浮かべた笑顔はうっとりするほど甘く誘惑的だった。だが、アデリシアには通じない。顔に形式的な笑顔を貼り付けて言った。

「兄から聞いております。気に掛けていただいているようで、ありがとうございます」

「彼とは親密な仲でしてね。だから貴女にもお会いしたかったんですよ」

「そう、ですか……」

アデリシアの笑顔が引きつった。何が親密な仲だ！　嘘つき！　――そう喚きたくなるのを何とか抑える。

そんなアデリシアの苛立ちをよそに、エドゥアルトは自分の身分や仕事、その内容についてペラペラと話していく。適当に相槌を打つものの、はっきり言ってアデリシアには苦痛だ。彼の自慢話が大半を占める自己紹介はランダルの時に聞いて辟易していたからだ。

「君の兄上に会ったのは図書館で――ああ、君、それをくれたまえ」

エドゥアルトは近くを通った給仕からワイングラスを二つ受け取ると、片方をアデリシアに差し出した。礼儀上、アデリシアはそれを受け取らざるを得ない。エドゥアルトはワイングラスを軽く掲げて大仰に言った。

「君という人に出会えた記念に。乾杯」

そう言って手にしたグラスをアデリシアの持つワイングラスに軽く触れ合わせて、くいっと一気に飲み干した。そうなるとアデリシアも多少はグラスに口をつけないわけにはいかない。眉を顰めながらしぶしぶグラスを口に運ぶと、ほんの少し、舐める程度の量を口に入れた。ふわんと豊潤な葡萄の香りが口に広がる。

アデリシアがワインを口に含んだのを確認すると、エドゥアルトは何かを含むように言った。

「そういえば、君の婚約者のジェイラントなんだが、さきほどアリーサ嬢と一緒にいたようだよ」

「アリーサ……ヘンドリー侯爵令嬢？」

アデリシアの胸がざわついた。

「ああ、そう。君もおそらく知っているだろう？　アリーサ嬢がジェイラントにご執心なのを」

「ええ、でもそれは一方的なものだと聞いています」

胸の中を何かがざわりと不快な音をたてて駆け巡る。かつてジェイラントとアリーサが二人でいるのを見た時にも感じた、あのもやもやにも似た何かが。

……ああ、嫉妬しているのだ、自分は。唐突に腑に落ちた。このもやもやは嫉妬だ。

ジェイラントがアリーサに靡かないことを分かっていながらも、二人きりでいて欲しくなかった。……いや、アリーサだけでなく、他のどんな女性ともだ。

「そうですね、一方的ですね。ですが、魔が差すってこともありますよ」

にやにやとした笑いを浮かべながら煙に巻くような物言いをするエドゥアルトを、アデリシアは睨みつけた。

「……何が言いたいんですか？」

「いや、不可抗力という言葉もある……薬を盛られるとか、ね」

アデリシアは目を見開いた。エドゥアルトが仄めかしているのは……アリーサが薬を使ってジェイラントに何かを仕掛けようとしているということではないか！

「アリーサ嬢はとうとう実力行使に出る事にしたらしい。ジェイラントを部屋に連れ込んで――あとは分かるだろう？」

アデリシアは手にしたワイングラスを近くのテーブルに叩きつけるように置くと、尚もにやにや笑っているエドゥアルトを押しのけて広間の出入り口に向かった。今すぐジェイラントを助けに行かなければ！

だが、そんな彼女のすぐ後をエドゥアルトが追う。

「もう遅いんじゃないか？　今頃ベッドの上で絡み合っているかも。そんな中に踏み込みたいか？」

「黙ってて！　それから、ついてこないで！」

アデリシアはそう叫んで足早に扉を抜けた。アリーサに与えられた部屋の場所は残念ながら分からないので、そのまま真っ直ぐジェイラントの部屋がある方角に向かう。薬のせいとはいえ、ジェイラントがアリーサを抱く――そんなのは嫌だった。あの人だけじゃない、どんな人でも嫌だ！　荒れ狂う胸の中で、アデリシアは自分の想いを知った。

――好きなのだ。どんなに目を逸らそうとしても、芽生えた気持ちは消すことも忘れることもできなかった。

「行こうとしても無駄だよ」

エドゥアルトがまだ後ろをついてきていた。アデリシアは苛立たしげに唇を噛む。だが、すっかり人気のなくなった廊下の突き当たりを曲がった所で、アデリシアの心臓がドクンと脈を打った。と同時に足が縺《もつ》れる。

「――え？」

急に力が入らなくなって、アデリシアはそのまま廊下に崩れ落ちた。ドクンドクンと、胸の奥で、耳の奥で、鼓動が異常なほど鳴り響いている。

「ほら、行こうとしても無駄なのに」

愉悦を含んだ声が上から降ってきた。後ろからついてきていたエドゥアルトだ。

「君の飲んだワインにもね、媚薬《びやく》が入っていたんだ」

アデリシアは荒くなってきた息の中で目を見開いた。さっきほんの少しだけ舐めたワイン……！

「処女でもたちまち淫乱にしてしまう『処女《おとめ》の涙』と言われる媚薬でね。強力なのでほんの少しの量でもすごい効き目なんだ。特徴は即効性じゃなくて、効果は徐々に現れてくるということ。そろそろ身体が熱くなってきているんじゃないか？」

その通りだった。アデリシアの身体は芯が燃えるように熱くなり、そして子宮の辺りがズキズキと痛いくらいに疼き始めていた。

「なぜ、こんなことを……？」

甘く疼く身体に意識を取られまいと歯を食いしばるアデリシアを見下ろしながら、エドゥアルトはくつりと嗤《わら》って言った。

「アリーサ嬢はね、ジェイラントのことが何が何でも欲しいんだそうだ。そしてこの方法を考えた。ジェイラントに媚薬を盛って自分と契らせて、それを明日の朝、召し使いに発見させるのさ。召し使いは決められた通りに騒ぎたて、それに気づいた大勢の人間――それも城に泊まった高位の貴族たちが二人が夜を共にしたことを知るだろう。アリーサ嬢の純潔を奪ったジェイラントは、それを知られて責任を取らざるを得なくなる――彼女と結婚するという形でね」

アデリシアはその皮肉な展開に思わず哄笑したくなった。まさしくそれはジェイラント自身がアデリシアに仕掛けた罠そのものではないか！　彼が行ったことを他人に仕掛けられるなんて――なんて皮肉なんだろう。

「だけど、ジェイラントは婚約をしている。現状では君との約束が優先されてしまう。そこで私の出番だ。つまり君も同じように別の男性の腕の中にいるのを発見されればいいのさ。二人揃って不貞を働けば、たちまち婚約破棄だ。アリーサ嬢はジェイラントと結婚できる。そして君は――ああ、アリーサ嬢は捨てるも妾にするも私の自由にしろと言っていたな。ジェイラントのもとで生活をしていた君はすでに純潔を失っているということにすれば、結婚しなくて済むと。君にあばずれの烙印を押してしまえともね。……まったく女は怖いな」

　式典の時に憎々しげに自分を見つめていたアリーサの目を思い出して、アデリシアはゾッとした。あの時そんなことを計画していたのか。

「だけど、私はジェイラントと君が踊っているのを見て決めたよ。――君と結婚することを」

「な……!?」

「あいつはかなり君にご執心のようだ。その君をかすめ取って鼻先にぶら下げてやるのさ――愉快だろう？」

　クックックと笑いながらエドゥアルトは言った。そんなことを考えるなんて、アデリシアが思っていた以上に彼はジェイラントを憎んでいるらしい。

「全然愉快じゃないわよ……。それに、大体あなたは今、男にしか興味がないはずでしょう」

アデリシアは荒い息を吐きながらエドゥアルトを睨みつけて言った。さっきよりずっと身体に走る疼きがひどくなっていた。

だがエドゥアルトはそのアデリシアの言葉にいやらしい笑みを浮かべた。

「私は男も抱くが、女も抱くぞ？　もっとも最近は、女はもっぱら性欲処理のためだけに抱いているがね。……ああ、もちろん君は別だ。可愛いランダルの妹だし、私の妻になる大切な女性だから」

アデリシアは内心ゲッとつぶやいた。何ということだろう——男色かと思ったら両刀だったとは！

レナルドの忠告を今更ながら思い出して、アデリシアは心底後悔した。油断したつもりはなかったが、心のどこかで男色なのだからアデリシアが性的な意味でこの人に狙われることはないと高を括っていた部分があった。その結果がこれだ。

「さぁ、こんな所で話すのはやめにして、そろそろ私の部屋に行こうか」

そう言ってエドゥアルトはアデリシアを抱き上げた。

「やめて、触らないで……！」

エドゥアルトの部屋に運ばれて、ベッドに投げ出される。伸ばされる手を避けようと抵抗するも全然身体に力が入らなかった。エドゥアルトはアデリシアの弱々しい抵抗を易々と抑えながらドレスのボタンを外していく。アデリシアはその際のほんの少しの刺激にすらビクンと身体を震わせた。

身体が熱くて疼いて仕方がなかった。さっきから蜜壷からじわりじわりと蜜が染み出しているのが分かる。もしアデリシアがまだ処女だったら、ここまで反応することはなかったかもしれない。だが彼女の身体はすでにジェイラントの手で拓かれ、快楽を覚えてしまっていた。その身体の記憶が媚薬の効果で男を求め強い疼きとなって現れていた。

「ふうーん、思った以上に敏感だな」

ドレスを剝がされ、ビスチェからのぞいている膨らみの部分にそっと指で触れられただけでビクンと反応するアデリシアにエドゥアルトは言った。

「もしかして、本当にもうジェイラントは手をつけていたのか？　……まぁ、いい。それなら遠慮しなくて済むし、すぐにでも君を悦ばせてあげられるからな」

「嫌ぁ……！」

ドロワーズに包まれた足を左右に開かれて、その間に身を置いて圧し掛かってきたエドゥアルトに首筋に吸い付かれたアデリシアは、悲鳴を上げて顔を逸らした。だが媚薬に高められた身体はその感触を確かな快感として伝えてくる。身体はビクビクと反応し、蜜壷からはじわじわと快楽の証が滲み出てきていた。

だが、身体は反応しても心は拒絶を示していた。こんな男になんて触って欲しくなかった。

そしてそれがジェイラントとエドゥアルトの違いを浮き彫りにさせた。やはり違うのだ。どんなに身体が悦んでも心はエドゥアルトには屈しない。ところがジェイラントには違っていた。身体と共に心までが解けて彼に添っていた。気持ち悪いだなんて思わなかった。あのときから自分の気持ちがジェイラントにあったからだ。だから応えてしまった。ジェイラントだから快楽に屈したのだ——自分は。

アデリシアの目に涙が滲み、こめかみを流れていった。

「ジェイラントのことなんてすぐに忘れさせてあげよう。君もすぐに他の女と同じように自分から股を開いて私を求めるようになるさ」

「あんっ……」

薄暗い部屋で悩ましげな女の声がベッドから響いていた。この部屋の主であるアリーサだ。ベッドで身をくねらせ、目の前の男を誘っていた。だがベッドの脇に立つ男も、そしてベッドに横たわって身悶えているアリーサも服は身に纏ったままだ。

「あん……ジェイラント様ぁ」

「さぁ、アリーサ、良い子だから全て白状しなさい。全部洗いざらい言ったら、ご褒美をあげよう」

ジェイラントの口から出る言葉は優しくて甘く、どこまでも蠱惑《こわく》的だ。だが、アリーサを見つめる目は冷ややかだった。

「あ、んん、本当に……？　本当に、ご褒美を下さる……？」

「ええ、もちろんですよ。こうやってね」

ジェイラントは手を伸ばし、ドレスに包まれたアリーサの胸を掴んでギュッと握った。

媚薬に侵されたアリーサはそれを快感として受け取り、嬌声を上げて身を反らして応えた。

「さぁ、言いなさい」

「ああん、言います、言いますからぁ……！」

——熱に浮かされたように話すアリーサを見下ろすジェイラントの顔に冷笑と怒りが滲んだ。

彼女が白状したことは、だいたいジェイラントが予想していた通りのことだった。それでも彼女の罠にあえて嵌まったフリをしたのは、ここらでアリーサ・ヘンドリーを排除したいという思惑があったからだった。

彼女の計画はその着眼点は良かったが、計画の実行方法は非常に稚拙だった。少なくともジェイラントを出し抜くには。

アデリシアの傍から離れた後、親の代から親交のあった侯爵に呼び出され、彼に紹介された若い子爵がどうでもいい世間話を延々と続けるのを聞いていて、ジェイラントはおかしいと気づいた。まるで時間を稼ごうとしているかのようだったからだ。そういえば、この子爵はヘンドリー侯爵と縁続きだったような……そう思い出した時、二人分の飲み物を手に現れたアリーサを見て、おおよその計画を悟った。自分がつい数ヶ月前にアデリシアを手に入れるために行ったこととよく似ていたからだ。……まぁ、媚薬は使わなかったが。

だからジェイラントは多少口に含んだフリをしてその媚薬入りのワインには一切手をつけず、隙を見てアリーサのグラスと交換した。そしてアリーサはジェイラントがワインを少しでも口にしたことに安心したのか、そこを離れる際に一気にそれをあおった。結果が今の状態だ。

「さすが『処女の涙』の効果はすごいですね。こんなにも素直にペラペラしゃべってくれるとは」

アリーサはジェイラントが部屋に彼女を送り届けることを承知した時、これでほぼ計画は成功したと思っただろう。だがジェイラントはその計画を逆手に取って邪魔な存在を片付けるつもりだった。だから乗ったフリをした。うまくいけば邪魔な二人を一度に片付けられるだろう。

「あん、ジェイラント様ぁ、お願い……ご褒美を、ご褒美をちょうだい……」

アリーサは濡れたチョコレート色の瞳に欲望の炎を浮かべながらジェイラントの方に手を伸ばした。その手が触れる前にジェイラントはサッとベッドから離れると冷たい笑みを浮かべながら、だがやさしげな口調でアリーサに言った。

「いい子ですね、アリーサ。ご褒美として、貴女の望みのものをあげましょう」

ただし、それをくれてやるのは自分ではないが——。そう内心一人ごちて、ジェイラントは悶えるアリーサを残して足早に部屋を出て行こうとして足を止めた。アリーサがベッドの上でこう叫んだからだ。

「ど、どこ行くんですの!! あ、あの女の所!? ふ…残念ですわね! あの女なら今頃はフォルトナー侯爵のベッドの中であなたを裏切ってますわよ!」

ビスチェが引き下げられて、ポロンとアデリシアの白く形の良い胸がエドゥアルトの眼下に晒された。

「いいね、実に私好みの身体だ。吸い付くような滑らかな肌も——」

「嫌、放して! 触れないで! ……ああっ!」

膨らみの片方がエドゥアルトの手に捕らえられ、アデリシアは背中に走った衝撃に身を反らした。そのままふにふにと揉まれ、波のように襲い掛かる疼きにビクビクと身体が跳ねる。

「素敵な胸だね、アデリシア。あいつにくれてやるなんて勿体ない。私が毎晩この身体を可愛がってあげよう。さぁ、味はどうかな？」

胸を口に含もうとでもいうのか、エドゥアルトの頭が掴んだ方の胸の頂に向かって下げられた。その頂は媚薬のせいかそれともエドゥアルトに触れられたせいなのか、ぷっくりと立ち上がり男の劣情を誘っていた。

「やめて！　嫌！」

アデリシアは何とかエドゥアルトを押しのけようとした。だが手に全く力が入らなかった。目から涙がポロポロと零れる。こんな男に触れられるのは嫌だった。――触れていいのはただ一人だけだ。

ジェイラント――今彼はどうしているだろうか。アリーサを抱いているのだろうか。

……アデリシアが危機に陥っているのも知らずに。

――こんなことなら意地を張らなければよかった。逃げ出したりしなければよかった。もっと素直になればよかった。

アデリシアの胸の頂がエドゥアルトの口の中に消えて、びりっとした痺れが背中に走った。

「いやぁぁぁ！」

アデリシアは衝撃に身を反らしながら悲鳴を上げた。その時だった――バァン！　と音をたててエドゥアルトの部屋の扉が壊された。

続いて起こったことをアデリシアはよく見ていなかった。ただ、扉を開けて誰かが部屋に乱入したことと、アデリシアから身を起こしたエドゥアルトが「お前……！」と仰天した後に、彼女の上から消えたこと。重みがなくなったこと、そしてドカッという鈍い音が響いて、誰かがうめき声を発したことだけは分かった。そして、ベッドの上で涙を流すアデリシアにやさしく声を掛けてきた男のことも――

「アデリシア、もう大丈夫です。かわいそうに、怖い思いをしましたね」

アデリシアをシーツに包んで抱き上げる腕は確かに彼のもの。アデリシアは瞬きをして涙を振り払って彼を見た。この時だけは媚薬による身体の疼きを忘れていた。

「ジェイラント様……？　本当に……？」

これは夢ではないだろうか、それとも幻覚か。けれど、目の前のジェイラントは笑みを浮かべて言う。

「本当ですよ。アデリシア、助けに来ました。もう大丈夫です」

「……アリーサは？　フォルトナー侯爵があなたはアリーサに媚薬を飲まされたって……」

「飲みませんでした。あんな稚拙な手には引っかかりません。それより遅れてすみませんでした。全く……貴女に触れるとは許しがたい」

後半の言葉は床にのびているエドゥアルトに向けた言葉だった。ジェイラントはアデリシアを抱え上げたまま、エドゥアルトを冷ややかに見下ろした。

「君にこの後割り振っている役がなければ、いっそのこと去勢してやるんですがね」

「ジェイラント、彼女大丈夫なの？」

パタパタと廊下を走る音が聞こえたかと思うと、開け放たれた扉からなんとレナルドが入ってきた。

「ルド、遅いですよ」

冷たい声で言うジェイラントに、レナルドは顔を顰めた。

「仕方ないでしょ！　アタシはあんたを探して駆けずり回っていたから体力消耗してんのよ。それなのに今度はこの子まで行方不明になるし。あんたとバッタリ出くわさなければ、また探し回る羽目になるところだったわよ」

「まぁ、いいです。ルド、私はアデリシアを連れて自分の部屋に戻ります。君はこの男を担いでアリーサ嬢の部屋のベッドに放り投げておいてください。彼女の部屋は東棟の三階の二つ目の部屋です」

「ちょ、アタシが一人でこの男を担ぐの？　こいつかなり重そうなんだけど！」

レナルドは心底嫌そうな顔をする。だがジェイラントは荒い息を吐いて自分の肩にもたれかかるアデリシアの涙の跡を拭うようにキスを落としていて、彼の抗議はまるで聞いてはいなかった。レナルドは諦めの吐息をついた。

「分かったわよ。このアホは連れて行くわよ。だけど、この貸しは必ず返してもらうからね！」

……どうやらその言葉は聞こえていたらしい。ジェイラントは顔を上げて、レナルドに微笑んだ。

「では、この借りは、とある女性を君に紹介することで返すことにしましょう」

「はぁ？　なにそれ？」

口をポカーンと開けるレナルドをよそに、ジェイラントは「では頼みましたよ」と言い残してエドゥアルトの部屋を出て行った。

アデリシアはジェイラントの部屋のベッドに下ろされるのを感じた。そして肌に残っていたビスチェと下穿きがジェイラントの手で引き剝がされていくのも。

全裸に剝かれたのち、彼の手がアデリシアの足を割る。蜜を零し続ける場所が暴《あば》かれて彼の視線に晒された。けれど当然感じるはずの恥ずかしさは感じなかった。媚薬の影響で思考は曇り、アデリシアは身の内で荒れ狂う欲望の解放だけをただただ願っていた。

エドゥアルトの言っていたことは本当だった。時間が経てば経つほど、疼きも熱も増していく。そういう媚薬なのだ。今アデリシアはエドゥアルトの部屋にいた時の比ではないほどの欲望に苛まれていた。身体は芯から燃えるように熱く滾《たぎ》り、身体のどこもかしこも疼いて仕方がない。

「……ジェイラント様……」

荒い息を吐きながらアデリシアは、唯一自分を解放してくれる存在を求める。

「助けて、ジェイラント様……」

涙を浮かべながら、アデリシアは足をわずかに広げてジェイラントに手を差しのべた。

――それは男を誘う女の痴態《ちたい》。アデリシアが素面《しらふ》であったら絶対にあり得なかった光景だ。

だが、今の彼女はこの身を焦がす欲望を解放すること以外何も考えられなかった。

ジェイラントはその手を取って指を絡めて言った。

「もちろん助けてあげます。だけどその前に――答えなさい、アデリシア」

急に声と表情に射るような鋭さが加わった。

「何故この三年間、私を避けていたのですか？」

その言葉にアデリシアはハッとした。欲望にけぶっていた意識が急に鮮明になる。

「三年前、クラウザー伯爵邸の図書室で貴女に初めて会ったとき、あんなに楽しい時間を過ごしたではないですか。なのにあの後私を避け続けたのは何故ですか？」

アデリシアの脳裏にあの時のことが浮かんだ。レフィーネに連れられていった屋敷の図書室で出会った美貌の青年。本が好きだというアデリシアのことを家族以外で初めて理解してくれた。出会った記念にと本をプレゼントしてくれた初恋の人。

けれど、次に浮かんだのは、その初恋の相手のキスシーンだった。ひっそりとした中庭で人目を避けるように、婚約が決まった水色のドレスの女性とキスを交わしていた。その光景が蘇り、アデリシアの目にじんわりと涙が浮かんだ。

――そう、アデリシアの初恋の相手とはこの人のことだ。あの当時はまだ侯爵位を継いでなくて、スタンレー家が持っている別の爵位を持っていた。

アデリシアは絡まった指を引き抜き、ジェイラントを睨みつけながら叫んだ。

「あなたが……あなたが……他の女とキスするからじゃないですか！」

媚薬の影響だろうか、感情の制御がうまくいかなかった。絶対に言うまいと思っていたのに、解放されようと荒れ狂う欲望の隙間から、心の奥底に隠して目を逸らし続けていた感情が溢れて出てくるのを止められない。

「その女性に贈ろうと思っていた本を私に無神経にも贈ってよこしたくせに……！　私がどんなに傷ついたと……！」

それだけじゃない。彼の派手な女性関係の噂にも傷ついた。図書室で出会ったとき、この人だと感じたのに、彼の方はそうじゃなかったのだ。勘違いした自分が恥ずかしかった。相手に嫉妬する自分も嫌だった。だからアデリシアはそのことから目を背けて本に逃げたのだ。傷を奥深くに埋めこみ、必ずハッピーエンドが約束されている世界に慰めを求めた。

あのことがなければアデリシアはごく普通に女性が興味を示すことにも徐々に目覚めていき、本から少しずつ遠ざかっていただろう。少なくとも今のように本だけが生活の中心ということはなかったに違いない。

「たくさん女性がいたくせに！　そんな人と近づきたいと思うわけないじゃないですか！」

アデリシアは泣きながらぽかぽかとジェイラントの胸を叩いた。媚薬に侵されて力が出ないはずなのに、感情の吐露のせいか驚くほど力が篭もっていた。ジェイラントはそんなアデリシアの手を愛おしげに包み込んだ。

「それは誤解です。いえ――私が過去にいろいろな女性とお付き合いしていたのは事実ですが、今は違います。三年前、貴女と出会ってからは誰一人としてそのような人はいません。それにあの本は彼女に贈るものとして持っていたわけじゃないんです。そのことは明日の朝、媚薬が抜けてから説明しますね。それより――言いたいのはそれだけですか？　私に言いたいことは他にありませんか？」

促すように言われて、アデリシアは涙に濡れた目を向けてジェイラントに言った。それは普段はアデリシアの心の奥底に隠されている想い。媚薬に侵されでもしないと決して口にできないだろう願いだった。

「……もう他の人とキスしないで。他の人に触れないで。触らせないで。……私だけを好きでいて――

――私だけを愛して。

「了解しました。私のお姫様」

ジェイラントは破顔し、アデリシアの額にチュッと音をたててキスを落とした。全身が敏感になっているアデリシアはその刺激だけで悩ましげな吐息を漏らす。熱と疼きが戻ってきていた。ジェイラントはそんなアデリシアの胸に手を滑らせる。

「辛いでしょうね、アデリシア。でも大丈夫、私が鎮めてあげます。ふふ、媚薬を抜くためですから、遠慮も手加減もいりませんよね？」

淫靡に微笑むジェイラントに、アデリシアの子宮がずくりと疼いた。

＊　＊　＊

「フォルトナー侯爵に触られてこんなに濡らしているなんて、悪い子ですね」

ジェイラントは滑ったそこに指を差し入れ、軽くかき混ぜながら目を細めた。

「んんっ、そ、れは、媚薬、が……ああんっ」

指に合わせて腰を揺らしながらアデリシアが潤んだ目で訴える。けれど、ジェイラントは微笑みながらそれを退けた。

「媚薬のせいだろうが、私以外に感じるなんて許せません。お仕置きをしないとね、アデリシア」

「お仕置き……」

その彼の言葉にアデリシアは震えた。けれど、蜜壷の奥からトロリと溢れてくる蜜に気づいてジェイラントはくすりと笑った。

「お仕置きと言われて感じるなんて、いけない子だ」

言葉で嬲りながら、ジェイラントは蜜壷から指を引き抜くと、アデリシアの膝の裏に手をかけてぐいっと持ち上げた。

「……や、ぁ……」

脚を押し広げながら胸に膝が付くほど折り曲げると、自然とアデリシアの腰がベッドから浮き上がり、彼女の全てがジェイラントの眼に晒された。しとどに濡れた秘裂も、ふるふると細かく震える白くまろやかなお尻も、そしてその間に息づく窄まりも。

「や、見ないでぇ……！」

媚薬に侵されていても、自分が取らされている姿勢がどれほど淫靡なものかは分かるらしい。アデリシアはふるふると涙目で哀願するように首を振った。だがそれはジェイラントの欲望に火をつけるだけだった。

「さぁ、アデリシア、貴女へのお仕置きはこれからです。自分で膝を抱えていなさい。私がいいと言うまで、ずっと」

その言葉にアデリシアは顔を赤く染めて首を振った。

「いや、そんな恥ずかしいこと……！」

「できなければこのままです。媚薬が抜けるまで一晩中、そうして疼く身体を持て余すことになりますよ」

「……そん、な……」

「さぁ、どうしますか、アデリシア？」

愉悦を覚えながら、ジェイラントは選択を迫る。もちろん、彼女が選べる道はひとつしかないのは分かっている。恥ずかしさと身体の疼きとどちらを取るか迫られて逡巡していたアデリシアだが、やがて、欲望に負け涙を溜めた目でジェイラントの言葉に従った。膝の裏に手を回して抱え、脚を押し広げて自ら全てを晒けだす。羞恥に頬を染めたその姿はジェイラントの欲望をこの上なく煽った。

「いい子ですね」

そう目を細めると、ジェイラントはアデリシアの待ち望む場所に手を伸ばした。

「ジェイラント様……もう、許して……お願い……ああっ！」

胎内に差し入れた三本の指をジェイラントがぐるりと回すと、アデリシアは甘い悲鳴を上げた。抱え上げた脚がふるふる震えていた。だが彼は容赦なく彼女の胎内を指で嬲っていく。ジェイラントは粘膜の音をわざと立てるようにして指を抽出させながら、舌でアデリシアの蕾を嬲った。

「ああんっ」

甲高い悲鳴がアデリシアの濡れた唇から漏れる。胎内からじわりと滲みでてくる蜜が指によって掻き出されて、アデリシアの双丘を伝わってシーツに零れていく。

「何を許すと言うんです、アデリシア？」

充血した蕾に歯を立てながらジェイラントは言った。だが、もちろん彼はアデリシアがどういう状態なのか分かっていた。媚薬の影響で、もう我慢ができないのだろう。指では足りないのだ。アデリシアのそこはすでに男を知っているから。

「お、願い……お願いです。ジェイラント様、助けて……」

息も絶え絶えにアデリシアは懇願した。だがジェイラントはすんなりとアデリシアの望むものを与えるつもりはなかった。三年間も無視され続けたのだ。本当はとっくに彼のものになっているはずだったのに。

「どうして欲しいんです？　アデリシア。ちゃんと言って下さい」

ジェイラントはゆっくり指を抜き差ししながら言った。アデリシアは一瞬泣きそうに顔を歪めたものの、唇を舌で舐めて湿らせて、震える声で小さく告げた。

「……さい。……下さい。ジェイラント様を……私に、下さい」

「どこに私の何をです？　ちゃんと言って下さい」

少し意地悪をして言うと、再びアデリシアの顔が泣きそうに歪んだ。けれど、先ほどよりはしっかりした声で再び言った。

「ゆ、びではなくて、そこにジェイラント様を、下さい……」

だが、ジェイラントは何も言わない。ただ黙ってアデリシアの蜜壷をじれったくなるくらいゆっくりと指で嬲るだけだ。アデリシアは恥ずかしさも忘れ、なりふり構わず涙を流して懇願した。

「お願い……来て、ジェイラント様……私を、奪って……！」

その悲鳴まじりの言葉はジェイラントの耳に甘く響いた。

「いい子ですね。アデリシア。貴女の望む通りに奪ってあげます」

指を引き抜いて彼女の唇を奪う。

「……ふ……っ、ん、んぅ……っ」

息ごと貪られ、しかも彼の体重がかかりアデリシアが苦しそうにもがいているにもかかわらず、彼女の咥内《こうない》をじらすように思う存分に味わったジェイラントは、一度身を離し、彼女を見下ろしながら引き剝がすように盛装を脱いでいった。

荒い息を吐きながら、服の下からジェイラントのしなやかな裸体が現れるのを眺めていたアデリシアだが、下穿きを脱ぎ捨ててそこに現れたものに、息を飲んだ。そこには涼やかな容貌のジェイラントからは想像できないものがあった。浅黒く怒張したものがお腹に付きそうなくらいに反り返り、膨らんだ先端から淫液を滲ませている。ピクピクと脈打つそれはまるで彼とは別の生き物のようだった。

「む、無理……」

大きさに、太さに怯えて首を振るアデリシアの蜜口にその先端を押し当て、ぬちゃぬちゃと蜜を纏いつかせながらジェイラントは微笑んだ。

「そういえば、貴女がこれを見るのは初めてなんですね。大丈夫ですよ、だってすでに貴女はこれをここで受け入れているんですから」

花弁《かべん》を掻き分け、先端を少しずつ埋め込みながら、ジェイラントは、息を飲み顔を背けようとしたアデリシアの顎に手をかけて命じた。

「アデリシア、目を逸らさずちゃんと見なさい。貴女の胎内《なか》に私が入っていくところを。貴女が私のものになる瞬間を」

そして上から突き刺すように、アデリシアの胎内にゆっくりと己の剛直を埋めていった。

「ふっ、く……っ、……あ、あああぁ！」

アデリシアは膣に太い楔が打ち込まれる感触に悲鳴を上げた。だがそれは苦痛の叫びではない。明らかに悦びの交じった声だった。

生まれて初めて見る男性器に怯み、一瞬正気に戻ったものの、媚薬に侵された身体は再び彼女の思考を絡めとり、恥じらいも戸惑いも何もかも吹き飛ばしていた。

「あ、は、入ってくる、奥まで……あ、ああっ！」

アデリシアは快感と羞恥に顔を赤く染めながらも、命じられた通りにジェイラントの剛直がずぶずぶと音をたてて自分の秘裂に突き刺さっていくのを見守った。何かに耐えるように眉間に皺をよせてはいるが、目は潤み、焦がれるような蕩けるような色を宿していた。

「入っている……ああ、入ってくる……ジェイラント様が……」

「ええ、全部受け止めて下さい」

やがてゆっくり時間を掛けて全てを収めたジェイラントはアデリシアの頬を撫でながら尋ねた。

「アデリシア、痛くはないですか？」

「痛いです。でも……気持ち、いい……。お願い、ジェイラント様、もっと、もっと下さい……」

アデリシアは口を小さく開き、荒い息を吐きながら切なそうに答えた。とうに理性は消えうせていた。

「媚薬の効果は凄いですね。ふふ、いっぱいあげます。貴女は私のもの。そして私は貴女のものですからね、アデリシア」

ジェイラントはアデリシアの頭の両脇に手をつき、腰を引くと奥に叩き込んだ。

アデリシアがジェイラントを受け入れるのはこれで二度目。しかも最初の時から二ヶ月以上は過ぎていたので、ほぼ処女同然だ。そんな状態ならいくら濡れていようが指で解されていようが受け入れる痛みも違和感もあったに違いない。だが、媚薬は処女も自ら足を開くと言われている強力なもので、痛みすら快感に変換させる作用があった。アデリシアは痛みを痛みとして受け取らず、すべて快感として受け止めたようで、ジェイラントのどんな動きにも嬌声を響かせて応えた。

「ああっ……んんぁ、奥っ、ダメぇ……」

ぐぅと奥深くに入り込んだものに、遠慮なく突かれてアデリシアが戦慄《わなな》く。

「何がダメなものか。ゆっくり突かれるより、こうやって激しく奥を突かれるのが好きなのでしょう？」

「ちが……」

涙を零しながら首を振るアデリシアだが、ジェイラントが深く埋めたまま奥を小突いてやるとたちまち甘い啼《な》き声を上げた。

「んんっ、あ、あん、んぁっ……」

「ほら、好きだと言いなさい」

一度身を引いて、素早く奥にガツンと突き立てると、アデリシアはその衝撃で首を後ろに大きく反らしながら熱に浮かされたように言った。

「あん、ん、好き……奥、好きぃ……」

ジェイラントはその様子に目を細めて笑った。普段ならいくら快感に酔っていても、こうはいかないだろう。媚薬で理性を溶かされているからこそだ。

「……ああん、気持ちいい……もっと、もっと！」

何度も絶頂に達し、そのたびに膝を抱えたままジェイラントをきつく締め付けるアデリシア。どんなに彼が激しく動いても、彼女は彼の命令に従って手は外さなかった。ジェイラントは三年もの間自分を拒絶し続けた愛しい女性のその淫らな姿態にぞくぞくとした快感と愉悦を覚えた。今、アデリシアの目に映っているのは自分だけだった。その事実に思った以上に喜びも感じていた。

彼女を本と分かち合うのは仕方ないと思っていたのだが……。どうやら自分を買いかぶりすぎていたらしい。もっともっと自分だけを求めさせたかった。

ジェイラントはずるっと音をたてて剛直を引き抜き、少し身を離してアデリシアの姿を見下ろした。その淫猥な姿は思わず喉を鳴らすほど艶めかしい。

「いい眺めですよ、アデリシア」

たった今までジェイラントが埋まっていた蜜壷は物欲しげにピクピクとひくつき、中から自分の先走りの液か彼女のものか分からないものを溢れさせている。滴る蜜は蜂蜜色の巻き毛を濡らし、菊座を濡らし、お尻の方にまで流れていた。

「嫌ぁ、抜いちゃ嫌ぁ……お願い……戻ってきて……ジェイラント様ぁ」

身体を揺すりたてて彼に再び犯されることを求めるアデリシアに、ジェイラントは艶然と笑った。その笑顔に何を見たのか、アデリシアの蜜壷から蜜がトロリと零れて再び下肢を汚していく。そのぬめりに猛った切っ先をこすり付けてヌチャヌチャと音をたたせながらジェイラントは彼女に問いかけた。

「アデリシア、これをどこに欲しいですか。どんな風に突いて欲しいですか?」

「……あんっ……、奥……奥に下さいっ……、激しく、突いて……!」

熱に浮かされたようにアデリシアは淫らな言葉を口にする。

「ふふ、よくできました。お望みの通りにしてあげます」

愛する女性の淫猥な姿を見せられて限界まで膨らんだそれを再び蜜壷に収め、奥を激しく攻め立てる。

「あああぁ、いいっ……!　いいのっ……あん、んんぁ……」

涙を流しながら彼の打ちつけるリズムに合わせて揺れる身体。軽く達したようでギュウギュウと絡み付いてくる胎内にジェイラントも限界を覚えた。

「もう手を放していいですよ、アデリシア」

アデリシアに足から手を放すことを許可すると、待ちきれなかったとばかりに彼女の脚がジェイラントの腰に絡みついた。その手がジェイラントの髪のリボンを解く。はらりと解けた黒髪が彼女に掛かるとアデリシアは荒い息の中で幸せそうな笑顔になった。

「髪……、乱すのは……んん、私だけ……、ああああんっ」

掻き抱いて、激しく揺らす。本当に何て可愛い人なんだろうとジェイラントは思った。

「愛してます、アデリシア」

荒い息を吐きながらジェイラントが言うと、アデリシアがぎゅうと縋るように背中に手を回して応えた。

「私、も、私も、愛してい、ます。……あ、あ、またっ、あん、あん、ああ、ああっん！」

ジェイラントに縋りながら達し、身を反らしたアデリシアの中が激しく収縮する。蠢く襞にキュウキュウと絞られて、ジェイラントの腰から脳天に向かって強烈な快感が走った。彼はやや乱暴にアデリシアの細い腰を摑むと、勢いをつけて最奥に己を叩きつけた。

「ああっ！」

「……くっ……！」

孕めばいい。ジェイラントはそう思いながら、ねっとりと絡みつき射精を促してくるアデリシアの胎内に熱い飛沫を放った。

「あんっ！」

アデリシアの子宮がそれを美味しそうに飲み込んでいく。尚もよくばりうねうねと絡み

つき引き絞ろうとする襞に彼は荒い息の中で笑った。彼の楔は放出したにもかかわらず硬度を保ったままだった。飲んだつもりはなかったが、もしかしたらほんの少し媚薬が入ったのかもしれない。それとも媚薬を飲んだアデリシアと濃厚なキスを交わしたからなのか……。それならそれで構わないとジェイラントは思った。

彼は唇を舐めて言った。

「夜は長い。まだまだこれからですよ、アデリシア」

その彼の欲望にかすれた声に、アデリシアの胎内がキュウと収縮した。

＊　＊　＊

媚薬に侵されたアデリシアはこの夜のことはよく覚えていない。彼に促され普段自分が絶対しないようなことをしたことも、言ったことも、そして様々な体位で交わり合ったことも。

それらは熱に浮かされた時に見る夢のように薄ぼんやりとしたものでしか残っていなかった。

ただ、嵐のように襲い掛かる欲望と快感に翻弄《ほんろう》されながら、自分が狂ったようにジェイラントを求めた事実だけは覚えていた。愛していると言われたことも。

……その言葉が本当でなくても構わないとアデリシアは思った。大事なのは彼の傍にいたいと思う自分の心なのだから。

10　侯爵様と私の攻防

翌日の昼近く、ようやく目覚めた時、自分が城の中のジェイラントの部屋ではなく、スタンレー侯爵邸の彼の寝室にいることを知ってアデリシアは心底驚いた。いつ城から帰って来たのだろうか。

「あの……ジェイラント様……？」

「遠慮はいりませんよ。身体に力が入らないのでしょう？」

「いえ、確かにそうですが……上半身は動かせます。なのにどうしてこんな体勢をとる必要があるんですか！　それに、それに、自分で食べられます！」

アデリシアは真っ赤になって言った。彼女は今、ジェイラントの膝の上に座らされてテーブルに着いていた。その上、ジェイラントが甲斐甲斐しく彼女の口に食べ物を運ぼうとしているのだ。それを給仕をしている使用人にも目撃されて、恥ずかしくて身の置き場所がなかった。

「私が食べさせてあげたいんです」

そうにこにこ笑いながら、ジェイラントはアデリシアの口にスプーンをせっせと運んでいく。動けるものならこんな羞恥プレイなどさせないものを！　そう思いながら受け入れざるを得ないアデリシアは仕方なく口を開くのだった。

起きた時からそうだった。媚薬を抜くと言って一晩中抱かれたせいで、腰にも足にも力が入らず一歩も動けないでいるアデリシアの身体を清めたり、ゆったりとしたドレスを着せたりしたのもジェイラントだ。笑顔で押し切られ、羞恥で真っ赤になりながら仕方なくアデリシアはそれらを受け入れたのに、恥ずかしい時間はまだ終わらなかったのだ。

結局全ての朝食をジェイラントの手から食べるはめになったアデリシアは、終わった頃には精神的にもぐったりしていた。

「さて、食べ終わったので話でもしましょうか、アデリシア」

談話室のソファにアデリシアを運び、そこでも自分の膝の上に彼女を座らせてジェイラントが言った。

「話……？」

「ええ、〝昨夜〟、説明は明日の朝にすると言ったでしょう？」

「え、はい」

とは言うものの、媚薬に侵されていたアデリシアの昨夜の記憶は非常に曖昧《あいまい》だ。

「まずは三年前、貴女に贈った本ですが……」

その言葉にアデリシアは身体を固くする。それに気づいたジェイラントは彼女の背中をそっと撫でながら言った。

「あれは別に彼女に贈るつもりで持ってきた本ではないんです。レナルドですよ。彼に見せようと思って持参した本だったんです」

「レナルドさん？」

思いもよらない名前が出てアデリシアは目を丸くする。

「ええ、気づきませんでしたか？　レナルド・クラウザー。私たちが初めて出会ったあの館は彼の実家ですよ。私は彼に会いに来ていたんです」

クラウザー。そうだ、確かにあの屋敷はクラウザー伯爵のものだった。それに彼は言っていた。友人に会いに来たのだと。そしてあの本。女性が好きそうな恋愛小説だったが、レナルドならそれを読みたがっていたとしてもおかしくない。

ぴったり辻褄《つじつま》が合う話に、アデリシアはジェイラントが言っていたことは本当だと思えた。そうなるとレフィーネの友人も、あの水色のドレスの女性もレナルドの妹だということになる。

「貴女が見たキスのことですが……。彼女はレナルドのすぐ下の妹で、私も妹のように思ってきた人でした。でもどうやら彼女は私を兄としてではなく異性として好きだったようで、結婚が決まったお祝いに、恋人がするようなキスをして欲しいと言われたんです。それで初恋を終わらせたいのだと。……私は軽い気持ちで引き受けました。それで彼女が吹っ切れて結婚に向かえるならと思って」

アデリシアはあの後で見た水色のドレスの女性を思い出していた。彼女は穏やかな目をして笑っていた。きっと彼に言った通り、キスを最後の思い出にして彼女の中で初恋を終わらせたのだろう。だからあんな風に笑っていたのだ。

「だけど、そのキスの場面を貴女に見られてその後三年間も避けられるんだったら、断ればよかったと今は思います」

ジェイラントは苦笑した。

「それと過去の女性関係ですが、これぱっかりは言い訳も言い逃れもしません。そういう一時の付き合いを繰り返していたのは事実ですから。でもそれも貴女に会うまでです。私の容姿も身分も全く気にも留めず、好きな本についてキラキラ目を輝かせて語っていた貴女に会って、その情熱を自分にも向けて欲しいと思ったあの時から、私の中には貴女しかいません」

ジェイラントはアデリシアの唇に触れるだけのキスを落とした。翠色の双眸《そうぼう》が蕩けるような甘さを含んでアデリシアに注がれていた。

「愛してます、アデリシア。心の底から。だから、どんな手段を用いてもあなたを手に入れたかった」

三年前の事を聞いてわだかまりも消えた今、アデリシアはその言葉を信じられると思った。

「ジェイラント様……私、」

アデリシアは今こそ素直に気持ちを伝えるときだと思った。けれど——。

「あんたたち、何でこんな場所でイチャイチャしてんのよ」

そんな声が不意に聞こえてアデリシアはぎょっとして口を噤んだ。驚いてそちらの方に視線を向けてみると、談話室の戸口にレナルドが呆れた顔をして立っていた。

「れ、レナルドさんっ！」

アデリシアはハッと今の自分の状況を思い出し、真っ赤になってジェイラントの膝から逃れようとした。ところがジェイラントはアデリシアの腰に腕を巻きつけて彼女の動きを封じてしまう。それから平然として戸口に向かって声を掛けた。

「ルド、ノックくらいして下さい」

「したわよ！　だいたいこんな公共の場でイチャイチャするんじゃなくてベッドに行ってやりゃあいいでしょうが！」

「そうしたいところですが、アデリシアの身体のことも考えないといけませんから」

「ジェイラント様！」

なんという会話を交わしているのだ。アデリシアは赤い顔をますます赤くさせた。そんな彼女を見てレナルドはやれやれといった表情で言った。

「まぁ、とりあえず収まるところに収まったようじゃないの」

「そ、そうみたい、です」

「まったくこれで、ジェイラントに煩わされずにすむわ。あ、そうそう、アデリシア。あんたは今日付けで図書館クビだから」

「ええっ⁉」

「ジェイラントがしばらくあんたを離しやしないでしょうしね。それにランダル、帰ってきているようだから」

そう言うレナルドの横からヒョイッと談話室をのぞく顔があって、アデリシアは驚いた。それは自分とよく似た顔の持ち主だったからだ。そしてそんな顔を持つのはこの世に一人しかいない。

「ランダル⁉」

「アディ、やっほー、ひさしぶり！」

能天気な声でランダルが挨拶した。

「びっくりしたわよ。ここんちの図書室をのぞいたら、ランダルが一心不乱に本を読んでいるんだもの」

「ここの図書室⁉」

「ああ、すみません、言い忘れてました。一昨日ひょっこりランダルが帰って来たので、捕獲して図書室に放り込んでいたんでした。ここが正念場って時に彼に乱入されたらまたややこしいことになりますからね」

「アディ、ここの図書室すごいんだ！　貴重な本がいっぱいで！」

悪びれることもなくサラッと言う婚約者と、数ヶ月も連絡しないで勝手をしていたくせに本のことしか頭にない兄に一体何と突っ込んでいいのかアデリシアは途方に暮れた。が、とりあえず一番気になっていたことから尋ねることにする。

「ランダル、初版本はどうなったの？」

「それがさ、別の人に売っちゃったって言うんで、更に足を延ばして辿《たど》っていったら、それ初版じゃなくて二版だったんだよ。もちろん、貴重なものには違いないから購入してきたけど。だけど、ここの図書室見てびっくり仰天。なんと探していた初版本が置いてあったんだ、ここに！」

「え？　本当？」

にわかに本の話題で盛り上がる双子に苦笑しながら、ジェイラントは談話室に入ってきたレナルドに問いかけた。

「首尾はどうですか？」

「それを伝えにわざわざ来たのよ。あんたは今朝早くに城を出て行ったから知らないだろうけど、もう大騒動だったんだから」

レナルドはにやりと笑った。悪戯が成功したかのような笑い方だ。

「アリーサを起こそうと部屋に行った召し使いが予定通りに騒ぎ立てたのよ。彼女のお相手が誰なのかなんて聞いてなくて、とにかくそうするように言われていたんでしょうね。で、その騒ぎで城に泊まった貴族たちが起きてきて、何事かと部屋を覗いたら――何と、あられもない姿のアリーサ嬢がフォルトナー侯爵の上で腰を振っていたってわけ。あの媚薬すごい効き目だわね」

その話を小耳に挟んだアデリシアは昨夜の自分の痴態を思い出して真っ赤になった。アリーサがそうなるのも無理はない。とにかく荒れ狂う欲望をどうにかしたくて、男を求めることしか考えられなくなるのだ。

「それからは当然大騒動よ。純潔を奪われた――というより目撃者にしてみれば捧《ささ》げたってところでしょうけど――アリーサの父親のヘンドリー侯爵はカンカンでね。まぁ、大勢の人に見られた上に、ベッドにも証拠がばっちり残っていたから、あのアホも言い逃れはできないでしょう。責任とって結婚って形になるでしょうね」

「自分たちが画策したことが返ってきただけですよ。ですが、あの二人は侯爵家同士で身分は申し分ないし、いい取り合わせだと思います。後で私もお二人にお祝いの言葉を贈るとしましょうか」

にっこりと笑ってそんな事を言うジェイラントにアデリシアは顔を引きつらせた。あの二人にしてみれば誰よりもジェイラントにだけは祝いの言葉なんて言われたくないだろうに。それが分かっていながらそんな事を言うこの人は——もしかしたら思っていた以上に性格が悪いのかもしれない。もっとも、自分たちがその立場になっていたかもしれないことを考えると、彼らに同情することはできないが。

「話はそれだけですか、ルド？」

「……その言葉は言い換えれば彼女と二人きりにしろってことね」

呆れた顔になるレナルド。

「理解が早くて助かります。食事を用意させますから、ゆっくりしていって下さい。ランダル、君も食事をとること」

「え？　僕はそれほどお腹は空いてませんよ？」

図書室に戻る気満々だったのか、ランダルが口を尖らせる。その彼に釘を刺したのはレナルドだった。

「いいからあんたも食事をするのよ。どうせ朝から図書室に篭もりきりで満足にとってないんでしょう？　それにアタシは、あんたには言って聞かせないといけないことがあるの。責任ってことについてね。ちょうどいいから、食事をとりながらみっちり説教してやるわ」

「えー、じゃないわよ。ほら、来るのよ！」

逃げようと回れ右をしたランダルの首根っこを捕まえたレナルドは、そのまま彼をひきずって談話室を出て行こう――として、アデリシアを振り返った。

「アデリシア、あんたもそう簡単にそいつに気を許しちゃダメよ。あんたが考えている以上に腹黒なんだから。いい？　アタシがランダルと知り合ったのもジェイラントの紹介。ランダルを図書館司書に推薦したのもね。そうやって周りを全て懐柔《かいじゅう》して取り込んだ上であんたの捕獲に乗り出したんだから。それに今回結局夜這いという方法をとったけど、そいつ、あんたを拉致《らち》って監禁して孕ませることまで考えてたのよ。油断しちゃだめよ。いいわね」

「ルド、余計なことを……」

ジェイラントが眉を顰める。レナルドとランダルが騒がしく談話室を出ていくのを見送りながらアデリシアは聞かされた事実に呆然としていた。だけど、頭の片隅では頷けるものがあった。アデリシアを式典に出席させようと強要した時のことを考えたら、意外なことではない。

それにランダルはアデリシアがジェイラントの膝の上にいるのを見ても少しも驚いていなかった。とっくにランダルは彼の手の内だったのだ。もしかしたら家族の誰よりも先に。アデリシアがよく通っていた図書館をジェイラントに教えたのもきっとランダルに違いない。

それにレナルドとも友人関係にあったのなら、アデリシアがランダルとして図書館に勤められることになったのも、もしかして——？

どうやら思った通りすっかり彼の掌の上で踊らされていたらしい。アデリシアはジェイラントを睨み付けた。そんなアデリシアの険のある視線を受けて、ジェイラントは苦笑しながら彼女の頬にキスを落として言った。

「そう怒らないで下さい。私だって必死だったんですよ。貴女は取り付く島もないし」

「だからといって、いきなり夜這いはあんまりじゃないですかっ。その後だって私の意思を無視して！」

「すみません。でもさすがの私でもこちらに何の気もない人に対してそんなことはしません。貴女だからです。貴女も言っていたでしょう、三年前私を〝この人だと感じた〟って。私も同じです。あの時貴女に会ったとき、求めていた人だと感じました。だから強引に事を進めたんです。私の一方通行ではないと分かってましたから。……そうでしょう？　あの初めての夜に、『私が嫌いか』と問いかけた時、貴女は好きだと言ってくれましたよ」

「あ、あんな朦朧としていた時の事なんて無効です……！」

その時の事を思い出したアデリシアは顔を羞恥と怒りに赤くさせて顔を背けながら叫んだ。さきほど素直になろうと思ったことはすっかり忘れていた。

「アデリシア。私はそれを聞いて嬉しかったです。一方的ではなかったと確信して。……愛しています。どんなに避けられても、私はずっと貴女と私を結ぶ絆を感じていました。それだけが三年間、私を支えていたんです。だから――許してくださいませんか、アデリシア？」

その哀願するような口調に怒りは持続せず、そっぽを向いていたアデリシアは、諦めたように力を抜いて振り向き、ジェイラントの肩に顔をうずめた。結局のところ、アデリシアの冷たい態度にもめげずにジェイラントがあれこれ画策して事を起こしたからこそ、今の二人があるのだ。――かといって、彼の強引な手口とアデリシアの意思を無視したような行動を許したわけではもちろんないが。

ジェイラントはアデリシアの髪を撫でながら言った。

「ねぇ、アデリシア。私はお得だと思いますよ？　貴女とリンゼイ嬢との交友には賛成だし、貴女の本に対する情熱も理解してあげられる。もちろん、我が家の蔵書は読み放題ですし」

アデリシアはその最後の言葉に反応して顔を上げた。そういえばランダルはここの図書室は貴重な本がいっぱいだと言っていたっけ。その本が――。

「結婚したら読み放題……？」

「……どうやら最初から図書室を餌にして釣った方がよかったみたいですね」

アデリシアの反応に、ジェイラントは苦笑した。

「ええ、結婚したら図書室も貴女のものですよ。……だけど、アデリシア、これだけは言っておきます。貴女の本好きはもちろん容認しますが、限度がありますからね？　もし本にかまけて私をなおざりにするようであれば――寝室に閉じ込めますから。心して下さいね？」

にこやかな笑みを浮かべながらも、その目に浮かぶ光が彼の本気を伝えていた。

アデリシアはやれやれと肩をすくめた。許して欲しいなどとしおらしいことを言っていたが、この人の本質は変わらない。独占欲が強くて、策士で腹黒で、強引だ。きっとこれからもアデリシアを自分に縛り付けようとあれこれ画策したり、勝手に決めていったりするだろう。そしてアデリシアはそれに反発して、怒ったり泣いたり喚いたりするのだろう。

――そんな攻防を繰り返しながら、二人で歩んでいくに違いない。

「そんなことしたらまた逃げてやるから」

口を尖らせて言うアデリシアに、ジェイラントはふっと笑った。

「また追いかけっこですか？　いいです。受けて立ちましょう。地の果てまで追いかけて必ず貴女を捕まえてみせますよ」

「今度はそう簡単には捕まりませんからね！」

——ジェイラントとアデリシアの攻防はそうして続いていくのだ。これからもずっと。

あとがき

お初にお目にかかる方が多いと思います。初めまして！　この本を手にとっていただいてありがとうございます。富樫聖夜《とがしせいや》と申します。

普段は別のところでファンタジーを書いたり現代恋愛コメディやらを書き散らしておりまして、これが初の乙女系になります。なのに、なぜかソーニャ文庫の第一弾に名前を載せていただけて……大変恐縮です！　こんな話でいいのかと問い合わせしてしまったくらいです。そして未だになぜ私はここにいるのだろうかと自問する毎日です。

一冊まるまる書下ろしということ自体が実は初めてでして。勝手がわからず編集のYさんにはいろいろとご迷惑おかけしたと思います。すみません。

そんなこんなで周囲に迷惑かけつつ書きあげた本作ですが、もともとは短編用のプロットを編集の方に拾っていただいた話でした。その時は単なる逃げ追いかけっこがテーマで、登場人物も少ないものだったのを、お城にまで話を広げたのが本作の原型です。どうせなら好きなものを詰め込もうと男装させたり、登場人物を整理したりこねくり回したり。とても楽しくプロットを立てさせていただきました。

無駄にキャラが立っている脇役を考えたのもその時です。オネエにバイにヒーローは腹黒敬語紳士で、まともな男がいないのに今気づきましたが、よく考えるとそれがいつもの私クオリティでした。今さらです。

その脇役といえば、書いているうちにどんどん出番が多くなっていきました。特にオネエのレナルドが。主人公の上司でありお兄さん（お姉さん？）の立場なのであれこれ使いやすかったのです。が、キャラ立ちすぎている上に出番が多いとなると、そりゃあヒーローの立場ないですよね。目立ちすぎて主役食う勢いだったので泣く泣く出番カットとなりました。それでもにじみ出る存在感。オネエキャラ恐るべしです。その時に一緒に省いた説明とか設定とか、いつか別の形でお目にかけれたらいいなと思います。

さて、肝心のヒーローですが……。初っ端から腹黒敬語紳士です。初の乙女系に私ってばなんていうのを出しているんでしょうか。いきなりキワモノを出してしまった気分です。だけど正直に言います……非常に書きやすかった！

もともと腹黒なキャラを書くのは好きなんですが（というか勝手にどんどん腹黒になっていく）、この人の場合は最初から腹黒全開でいかせていただきました。要所要所で顔を出しては話を引っ張っていってくれるので、動かしやすかったです。ただ、こんなにエロくなる予定はなかったのですが……どこでどう間違ったのやら。たぶん夜這いがいけないんですね。身も蓋もありませんが。おまけによくよく考えると変態っぽい。ストーカーだし、六歳年下の女の子に夜這いしかけているし……。でも本文読めばわかりますが、ある意味とても一途なので、その後はおそらく甘やかし溺愛し、そして本にちょっぴり嫉妬しつつアデリシアにベタベタする夫になると思います。

ヒロインのアデリシア。美人だけど地味な印象を周囲に与える本好きっ子です。恋愛小説は好きですが、とある理由から自分の恋愛には興味なし。本を与えておけば非常に大人しい、けれど一皮むけば行動派の主人公です。あまりうじうじしないでとりあえず行動っていうタイプなので、彼女もとても動かしやすかったです。

アデリシアとジェイラントの攻防戦はとりあえず終結しましたが、きっとこれ以降も周囲から見えれば単なるイチャツキにしか見えない本を巡る攻防戦を続けていくんだろうなと思います。

そして忘れてはいけないのがイラストです！　担当して下さったうさ銀太郎《ぎんたろう》様、素敵なイラストありがとうございました！

ラフを見せていただいた時、あまりの美麗さに鼻血が出るかと思いました。単なる文章上のキャラに過ぎなかったものが命を吹き込んでもらった気分です。カバーイラストや挿絵もものすごく素敵で、ヒロインより色気を出しているジェイラントにクラクラしました！

ジェイラントの髪のリボンの部分が軽く編みこんであるのも、アデリシアの前髪も本を読むときに邪魔にならないものをと、うさ様が考えて下さったものです。何も考えてなかった作者としては感激&感謝しきりです。もう足を向けて眠れません！

ちなみにレナルドのキャラが非常に美麗なので、私も編集さんもとても気に入っております。（ジェイラントは別格です）

最後に、担当編集のYさん、いろいろとお世話になりました！

プロットの段階からいろいろと助言を下さり、何とか今の形にできたのも全てはYさんのおかげです。本当にありがとうございました！

それではいつかまたお目にかかれることを願って。

富樫聖夜

この本を読んでのご意見・ご感想をお待ちしております。

◆ あて先 ◆

〒101-0051
東京都千代田区神田神保町2-4-7 久月神田ビル7階
㈱イースト・プレス　ソーニャ文庫編集部
富樫聖夜先生／うさ銀太郎先生

侯爵様と私の攻防

2013年2月26日　第1刷発行

著　者　富樫聖夜《とがしせいや》
イラスト　うさ銀太郎《ぎんたろう》
装　丁　imagejack.inc
DTP　松井和彌
編　集　安本千恵子
発行人　堅田浩二
発行所　株式会社イースト・プレス
〒101-0051
東京都千代田区神田神保町2-4-7 久月神田ビル8階
TEL 03-5213-4700　　FAX 03-5213-4701
印刷所　中央精版印刷株式会社

ISBN 978-4-7816-9503-7
定価はカバーに表示してあります。

Sonya ソーニャ文庫の本

それは甘く脆い、砂糖菓子の檻。

事故で両親を失ったシャーリーの家族は、
双子の弟ラルフだけ。
弟への許されない想いを募らせるシャーリーは、
次第に淫らな夢をみるようになり――。
『虜囚』と同じ物語を姉のシャーリー視点で描く、SideA。

『**監禁**』 仁賀奈

イラスト 天野ちぎり